中公文庫

剣神　心を斬る

神夢想流林崎甚助７

岩室　忍

中央公論新社

目次

一章　飛べない雀　9
二章　天下一の剣　130
三章　天人は五衰する　235
剣士の墓碑銘　343

主要登場人物

林崎甚助重信　林崎熊野明神の素戔嗚尊に神夢想流居合を授かり、父浅野数馬の仇討を果たした後、廻国修行を続ける。

志我井　重信の母。願掛けの薬断ちにより死去。

深雪　妙穐尼。重信の妻で、勝信の母。

お良　浅野家の小者だった小兵衛と小梅の孫。

庄助　お良の弟。

お染　お良、庄助の妹。

森薫　重信との間に元信と幸信を産んで死去。

林崎宗兵衛昌信　元信の子。上杉家家臣。

浅野次郎右衛門重任　法隆寺そばの百姓お咲の次男。重信に引き取られた。

浅野蜻蛉之介　丸目蔵人佐に預けられた、重信の養子。

高松官兵衛信勝　重信の従弟で弟子。父良庵が武蔵一ノ宮に構えた道場の主。

高松信繁　信勝の子。川越蓮馨寺に建てた道場を継ぐ。

風千代丸　信繁の子。

阿国　出雲の巫女。智月尼。重信との間に娘可奈を生み、出雲で出家し死去。

可奈　重信と阿国の子。

阿菊　阿国の妹で、阿国の名を継ぐ。

中村三右衛門　阿国と阿菊の父で、出雲大社の鍛冶方。

田宮平兵衛重正　重信の弟子。後の神夢想流二代目。

長野十郎左衛門業真　重信の弟子。後の神夢想流三代目。無楽入道槿露斎。

一宮左太夫照信　重信の弟子。後の神夢想流四代目。

三間与一左衛門景延　重信の曽孫弟子。水鷗流の開祖。

大西大吾　将監鞍馬流三代目。重信の弟子。

梅木弥右衛門　将監鞍馬流四代目。重信の弟子。

片山松庵　岩国に道場を持つ剣客。

片山伯耆守久安　松庵の甥。重信の弟子。

関口弥六右衛門氏心　今川家の分家、関口氏幸の子。重信の弟子。

三河屋六助　家康に信頼される大商人。日本橋に店を構えるが、今は隠居して本郷台の木鶏庵にお吉と暮らす。

八兵衛　六助の子。三河屋の主。

七兵衛　八兵衛の娘婿。元は秋元格之進という膳所・戸田家中の武士。

竜太郎　箱根の馬子の親方。妻お満との間にできた娘たちを三河屋に奉公させる。

風魔幻海　北条家に仕えた忍び・風魔の一人。竜太郎のもとに身を寄せる。

加藤段蔵　上杉家に仕えた忍び・軒猿の頭領。

富田五郎左衛門勢源　一乗谷城下に道場を開く盲目の剣豪。

富田越後守重政　勢源の甥。名人越後。

重太郎　重信と、勢源の姪お幸の子。

鐘捲自斎　富田勢源の弟子。戸田一刀斎。死没。

伊藤一刀斎　鐘捲自斎の弟子で一刀流の開祖。

小野次郎右衛門忠明　伊藤一刀斎の弟子。小野派一刀流の開祖。前名神子上典膳。

古藤田勘解由左衛門俊直　伊藤一刀斎の弟子。

津田小次郎　富田道場の門弟。巌流。新免武蔵の騙し討ちに遭い殺された。

土子土呂助　師岡一羽の弟子。重信の廻国修行に同道した。

本阿弥光悦　刀剣の研磨、鑑定も行う当代随一の文化人、知識人。

勧修寺尹豊　紹可入道。勧修寺家十二代当主。天皇の信任厚い「化け物公家」。九二歳で大往生を遂げた。

勧修寺経広　勧修寺家十七代当主。

新免武蔵　当理流の開祖新免無二斎の子。力が強く粗野で横暴。

剣神　心を斬る

神夢想流林崎甚助7

一章　飛べない雀

夏の陣

二月十四日になって、次の戦いの準備を全て終えた徳川家康《とくがわいえやす》が、京の二条《にじょう》城から駿府《すんぷ》城へ向かって発った。

徳川軍がいなくなると京は急に静かになる。

それはごく表面だけで、グツグツと煮え始めた鍋の中はいい具合に煮えている。

最早、外堀と内堀を埋められてしまった大坂城は、収拾困難なほど大混乱に陥っていた。

北側の淀川《よどがわ》以外どこからでも攻撃が可能になった。

豊臣秀頼《とよとみひでより》と茶々姫《ちゃちゃひめ》が次々と堀を埋められ、城郭を破壊されて、家康に騙されたと思った時にはすでに後の祭りだった。

大坂城の大将は秀頼ではなく母親の茶々姫のようである。

これでは勝てる戦いも負けてしまう。

事実、あと数日で兵糧が切れて、徳川軍が撤退を余儀なくされる寸前で、茶々姫は砲弾一発に怯えてしまい和睦を口にした。

大柄な茶々が怒ると迫力がある。

温厚な秀頼はそんな母親に口答えもしない大将だった。

戦いを知らない女大将が指揮しているから、先々どう戦うかではなく、あのことは誰だれが悪い、だれに責任があるということになる。

あの時はこうすればよかった、そうできなかったのは誰だれの責任だなど、愚痴と後悔ばかりだ。

城内は情けない有り様でもう戦いにならない。

そんな大坂城に再び戦いが始まるとの噂が流れ、出世や禄にありつこうという浪人たちがまた集まり出した。

こういう大坂城の騒ぎは家康の思うつぼである。

何でもいいから言い掛かりをつけて、大坂城を潰したい家康なのだが、こうなるとその言い掛かりさえ必要ない。

家康が仕掛けたいときに仕掛けて、丸裸の大坂城を潰すことができる。

高齢な家康の体調次第ということだ。

そんな家康の野望を見抜いて、それを阻止しようと考える勇将が、大坂城には何人かいた。

破壊された真田丸《さなだまる》の真田左衛門佐幸村《さえもんのすけゆきむら》、水牛兜の毛利豊前守勝永《もうりぶぜんのかみかつなが》、黒田《くろだ》八虎の一人後藤又兵衛基次《ごとうまたべえもとつぐ》などだ。

又兵衛は黒田官兵衛《かんべえ》の家臣だった。

黒田家には柳生石舟斎《やぎゅうせきしゅうさい》の高弟有地元勝《ありちもとかつ》が伝えた柳生新陰流があり、又兵衛はその使い手だった。

だが、黒田官兵衛の死後二年で又兵衛は黒田家を出奔する。

その後藤又兵衛の力量を惜しんだ福島正則《ふくしままさのり》や前田利長《まえだとしなが》、結城秀康《ゆうきひでやす》などが家臣に迎えようとしたが、出奔を怒った黒田長政《ながまさ》が奉公構《かまい》を出していて仕官できなかった。

旧主に奉公構を出されると、旧主の許しがない限り、新たな仕官はどこにもできないのが武家の決まりだ。

又兵衛は長く京で浪人した。

黒田官兵衛と太閤秀吉《ひでよし》に恩を感じていて又兵衛は大坂城に入ったのである。

三月十二日に京都所司代板倉勝重《しょしだいいたくらかつしげ》が、駿府城に早馬を走らせ「大坂城ッ、再挙兵すッ！」と家康に注進。

大坂では浪人の乱暴狼藉《ろうぜき》や、埋められた堀の掘り起こしなどが始まっている。

家康が京から駿府に戻って一ヶ月も経っていない。早々と戦いの機運が盛り上がってきた。和睦などというものは全くあてにならないことを家康は知っている。

「所司代は余の腹の中をよくわかっているようだ。また忙しくなるわ。大坂まで行ってくるか……」

ぎょろ目の家康が傍の本多《ほんだ》正信《まさのぶ》と天海《てんかい》をにらんでいう。

「将軍さまだけでは駄目でございますか？」

「正信、大坂城は裸にしたが将軍は戦い方を知らぬのよ。関ヶ原の折、将軍は信濃で六文銭に煮え湯を飲まされている。その昌幸《まさゆき》は死んだがあの真田丸の信繁《のぶしげ》という男はあなどれぬぞ」

「さようでございますか、大御所さまの御出馬であれば、その野糞の尻を拭くためについてまいります」

家康と正信からは老醜が臭っている。

「うむ、このところまた黒い糞が出る。もうぼちぼちだろうから、秀頼の始末だけはつけておかないとな……」

「大御所さま、拙僧はこの戦いの武運を祈っております」

「天海、そなたの祈禱《きとう》はわしの漢方より効かぬな？」

家康が天海を叱るように言う。

「大御所さまの漢方は佶長老《きっちょうろう》の秘伝、拙僧の祈禱は台密にて即効は……」

「ふん……」

家康が鼻を振った。こういう時は機嫌がいい。佶長老とは三要元佶《さんようげんきつ》のことで、台密とは天台宗のことだ。

「なにとぞ、ご無事のご帰還を……」

「天海、余が戻ろうが戻るまいが、竹千代《たけちよ》を頼むぞ。天下をにらむ三代目にな？」

「はい、承知しております。廟は久能山《くのうざん》へ？」

「うむ、お福《ふく》と寝てもいいぞ……」

「有り難い思し召しでございますが、拙僧の何は三十五年ほど前から役立たずにございます」

「余の漢方を飲め……」

「大御所さま、そればかりは……」

「嫌か？」

「嫌ではございませんが、お福殿を抱くつもりはございませんので……」

傍でいつも家康の漢方を飲まされている正信がニヤリと笑った。

正信は何度も吐いたり下痢をしながら、危険な家康の漢方を試飲してきた。試飲というよりは毒見といった方がよい。危ないなどというものではない。家康の薬湯を飲んで死んだ者がいるなどと噂があるくらいだ。

「お福はいい女だがのう……」

「大御所さまはやはりお福殿を抱かれたので？」

「抱いたなどといったか？」

竹千代は家康がお福を抱いて産ませた子だとの噂がある。そんな危ない話で天海が逆襲した。

「いい女とは、大御所さまの場合は具合が良かったということだそうで？」

「誰がそんなことをいった。正信、お前か？」

「とんでもないことで、それがしは口が裂けてもそのようなことは喋りませんです。はい！」

「竹千代は余の子ではないぞ。いいか天海、余の子ではないからな……」

「はい、将軍さまのお子と確かに承りましてございます」

この三人の老人は煮ても焼いても食えない化け物である。

ここに亡き信長老が加わると、明日にでも天下がひっくり返るような謀議をする。薄気味悪い悪党たちだ。

醜悪な地獄の獄卒どもなのだ。何を考えるかわからない。

「さて、忙しいことだわ……」

「大いに結構なことにございます」

「よし、大坂城を叩き潰す！」

大坂冬の陣が終わってわずか二ヶ月で再戦が決まった。

「正信、将軍に知らせておけ……」

大坂城が家康の予想より早く動いたことで機嫌がいい。

体調の芳しくない家康に漢方より効き目のあるのが戦いだ。大軍を率いて出陣と思うだけで武者震いする。

血が騒ぎ若返って力が漲った。

その頃、駿府と京では妙なものが流行《はや》っていた。

三月二十五日に、前の年から流行っていた伊勢踊りが駿府城下でも行われた。伊勢踊りは、伊勢神宮の神霊を諸国に送る神送りの踊りである。

また、三月二十七日には京の四条河原で、傀儡師《くぐつし》の手遣い操り人形芝居というのが行われた。

何かが起きそうだという不安な世相がそういうものを流行らせる。

その不安が現実になった。

四月四日に元気な家康が駿府城を出て、大坂の秀頼征伐だと京に向かって出陣する。

秀頼は家康に征伐されるようなことは何もしていない。

だが、江戸幕府が誕生した以上、幕府の障害になりそうなものは、速やかに征伐して取り除くのが正義だ。権力とはそういうものである。

四月十日に家康は名古屋城に入り、同日、将軍秀忠《ひでただ》が江戸城から出陣した。

二日後の十二日に名古屋城で、徳川義直《よしなお》の婚儀が盛大に行われ、家康が上機嫌で出席する。

その婚儀の姫が秀吉の正室お寧《ね》の甥で、亡き浅野《あさの》幸長《よしなが》の娘の春《はる》姫というから皮肉だ。

翌四月十三日に家康の出陣を知った大坂城では、何はさておいても大急ぎで軍議が開かれた。

最早、豊臣家は生存のために乾坤一擲《けんこんいってき》の戦いをするしかない。

それも破壊された大坂城に頼れない以上、全軍城を出て野戦で戦うしか方法は残されていない。

茶々姫が砲弾に怯えて和睦したことが後悔される。

真田幸村は秀頼に鎧を着て、秀吉の一《いち》の谷《たに》馬藺《ばりん》後立《うしろだて》付兜《つきかぶと》をかぶり黄金の千成瓢《せんなりびょう》箪《たん》の馬印を立てていただきたいという。さらに、攻撃される前に伏見城を攻撃するべきだと主張した。

秀頼が出馬すれば、豊臣家に馳せ参じる大名なり、武将が出るはずだというのが幸村の考えだ。

事実、冬の陣の時には筒井《つつい》定次《さだつぐ》が内通してきた。

ところが、茶々姫が砲撃に怯えて和睦を口走り、戦いが中断したため筒井定次は中途半端に置かれ、内通が家康に発覚して切腹させられている。

つい先月、三月五日のことだ。

幸村の主張にまたもや立ちはだかったのが女大将の茶々姫だった。

「秀頼さまに鎧を着せるなど言語道断である。沙汰の限りじゃ！」

取りつく島のない剣幕なのだ。

この時、茶々姫の頭の中にあったのは、いざとなったら秀頼の正室千姫《せんひめ》に仲介してもらい、命だけは家康に助けてもらうという甘い考えだった。

家康が秀頼を殺すはずがない。太閤との約束だからと思う。

秀頼と千姫の仲は円満で、孫娘の願いを家康は受け入れるだろうと、茶々姫は自分たちに都合よく甘々で考えていた。それなら戦わずに端《はな》から降伏して、命乞いをすればいいようなものだ。

自尊心の強い茶々姫にはそれができない。

勝てると思っているのか、何を目標に戦うのかわからないのが茶々姫なのだ。その場その場で右往左往する。

伏見城攻撃も認められなかった。

それでも幸村はあきらめない。最後の手段は家康の本陣を狙って突撃し、家康の皺《しわ》首《くび》を取ればいいと決心。

秀頼が戦場に立たないのなら残された道はそれしかない。

四月十八日に家康が京の二条城に入り、十九日になって幕府は諸大名に大坂への出陣を命じた。

徳川軍は前回と同じように大軍になりそうだ。

二十一日に将軍秀忠が二条城に到着、翌二十二日に家康、秀忠、本多正信と息子の正純《まさずみ》、土井《どい》利勝《としかつ》、藤堂高虎《とうどうたかとら》などが軍議を開いた。

この時の徳川軍は十五万五千人で、家康は大軍を河内路と大和路の二手に分ける。

「この戦いは短期決戦だ。兵の腰兵糧は三日分でよい……」

家康は使いものにならない大坂城と豊臣軍を殲滅《せんめつ》する自信を見せた。わずか三日分の腰兵糧とは一日で決着するという意味だ。

行きに一日、戦いに一日、帰りに一日という。

その家康の読み通り大坂城ではもう勝ち目がないと、武器を捨てて逃亡する者が出て兵力は七万五千人ほどに減少している。

この時、織田《おだ》有楽斎《うらくさい》も家康の許しを得て大坂城から逃亡した。

四月二十三日に大野《おおの》治房《はるふさ》軍が大坂城から出陣すると、二十六日に大和郡山《こおりやま》城に襲いかかって夏の陣が始まった。

五月五日になって家康が京から出陣。

豊臣軍も城を出て徳川軍を迎え撃つしか戦う方法はない。

幸村軍は毛利勝永軍と一緒に一万四千五百人で天王寺口に布陣する。

その前に現れたのが本多忠朝軍一万六千人、その後方に家康の本陣一万五千人が布陣した。

徳川軍は大軍だ。だが、豊臣軍の七万五千人も決して少ない兵力ではない。

茶臼山方面に浅野長晟《ながあきら》軍四万人と松平《まつだいら》忠直軍一万五千人、岡山口に前田利常《としつね》軍二万七千人と将軍秀忠軍二万三千人という最強の十三万六千人の布陣だ。

それを迎え撃つ豊臣軍の前線には三万五千人ほどしかいない。

徳川軍は他にも伊達政宗軍、黒田長政軍、井伊直孝《なおたか》軍、池田利隆軍などが続々と持ち場に集結した。

五月七日正午頃、天王寺口と岡山口に布陣していた大軍同士が激突する。

戦いは真田幸村軍、毛利勝永軍、大野治房軍が徳川軍に突撃して始まった。

赤備えの幸村軍は茶臼山に襲い掛かって占領すると、狙いは家康の首一つで本陣に突進していった。

幸村は宝蔵院《ほうぞういん》流十文字《じゅうもんじ》鎌槍《かまやり》の名人で、槍先が重くしなって扱いの難しい槍を使っている。しなる槍は反動がついて殺傷力が増す。

「行くぞッ、続けやッ！」

三百騎ほどを率いて茶臼山から家康の本陣を目指して突進する。

死中に活を求めて家康の首を取るしかない。

岡山口では大野治房軍が将軍秀忠軍に襲い掛かっている。徳川軍はたちまち大混乱になった。

野戦は必ずしも大軍が勝つとは限らない。

幸村は敵軍を一段二段と突き崩しながら、家康の本陣に強引ともいえる決死の突撃で肉薄。こういう一点突破の戦いになると大軍は意外にもろい。幸村軍はグイグイと押しまくって戦場を駆け抜ける。

「突っ込めッ、家康の首だけだッ、討ち取れッ！」

「他の首は捨てろッ！」

六文銭の真田の赤備えは強い。怒濤《どとう》の突撃で家康の本陣を目指す。

幸村は十文字槍で敵兵を突き刺し、首や腕を掻っ切り、陣幕を斬り裂いて家康の本陣に乱入する。

「逃げたぞッ、家康を探せッ！」

家康の傍には本多正信がいて逃げ足が速い。家康はいつも逃げるのがうまい。

それは信玄と戦った三方ヶ原からそうだ。その究極は信長《のぶなが》が本能寺《ほんのうじ》に倒れた時に、伊賀《いが》越で堺《さかい》から三河まで逃亡した時だ。

この夏の陣でも家康は逃げた。逃げの名人だ。

だが、探し回る幸村軍に逃げる家康が見つかってしまう。

家康は金扇の大馬印は将軍秀忠に渡し、自分は金ふくべに金切裂《かなきりさき》の小馬印を立てていた。

その金ふくべが見つかった。

「いたぞッ、家康だッ、討ち取れッ、逃がすなッ！」

家康を守って逃げる近習や旗本は、家康の小馬印を捨て、少しでも先に家康を逃がそうと幸村に襲い掛かる。

家康が馬印を倒されたのは三方ヶ原以来ここが二度目だ。武将が馬印を倒されることは恥ずかしいことだ。

だが、家康はなりふり構わず逃げた。

それを十文字槍が追う。前に立ち塞がる敵を突き伏せながら、家康にじりじりと接近、追いついて行った。

「家康ッ、覚悟ッ！」

十文字槍で突き殺そうとした時、その間に騎馬で駆けつけた旗本隊が雪崩《なだ》れ込んできた。

今一歩で家康を逃がしてしまう。

「おのれ邪魔だッ！」

幸村軍と家康の旗本の壮絶な戦いになり幸村軍も次々と倒された。だが、家康の首を幸村は狙い続けて探した。わずかな戦いの最中に家康を見失った。

「探せッ、家康を探せッ！」

幸村はあきらめない。家康は馬も駕籠も馬印も捨て、数人の小姓とわずかな兵や本多正信と一緒に徒歩で逃げていた。

追いすがる敵の旗本と戦いながら、幸村は逃げる家康を探し続けた。

幸村だけでなく、毛利勝永も家康の首を狙って探している。

幸村死す

幸村が逃げる家康を見つけ追い駆けた。

家康を守っているのは百人ほどしかいない。

その中に幸村が一騎で突っ込んで行った。家康の小馬印が幸村に倒れ込んできた。

それを払いのけて逃げる家康と正信を追う。

「家康ッ、覚悟ッ！」

振り向いた本多正信が恐怖の顔で、家康を傍の藪《やぶ》に突き飛ばした。追いついた幸村が十文字槍で藪の中の家康を突いた。

「しまったッ！」

幸村が槍を引いたが十文字槍の鎌が藪に引っかかって戻ってこない。

「くそッ！」

槍先は一、二尺ほど家康に届いていない。

藪の灌木《かんぼく》に絡まって突くことも引くこともできなくなった。馬に乗ったまま立ち往生だ。

幸村が家康を見てニッと笑った。

「大御所、命冥加だな！」

「ろ、六文銭！」

幸村が槍を思いっきり引いた。その時、片鎌がパキンと折れた。

片鎌になった槍で家康を突き刺そうとする。そこへ家康を探していた旗本隊百騎ほどが突進してきた。

幸村はまた家康に逃げられた。万事休す。

家康を狙うのはここまでだ。馬首を返すと十人ほどの家臣を率いて幸村は逃げた。

この後、家康は山駕籠に乗って堺に引き上げる時、後藤又兵衛に見つかり槍で突き殺され、堺の南宗寺《なんしゅうじ》に葬られたとも言い伝えられる。

だが、この時すでに又兵衛は討死していた。

家康が運ばれた堺で本当に死んだとすれば、幸村の十文字鎌槍が一瞬届いていたのかもしれない。

それを幸村は知っていただろう。

岡山口の将軍秀忠は大野治房軍に本陣に殺到され混乱していた。大野軍には家臣になった盗賊の庄兵衛とその配下がいる。

将軍の旗本も突き崩され将軍秀忠が危険になった。

だが、その秀忠の傍には剣客柳生宗矩《むねのり》がいて大野軍の前に立ち塞がる。

「下郎ッ、柳生新陰流を見たいかッ？」

宗矩がいきなり太刀を抜くと、将軍に襲い掛かろうとしていた二十人ばかりの敵中に突進した。

その剣さばきはさすが将軍の剣術師範である。見事。あっという間に七人を斬り伏せた。

「駄目だッ、逃げろッ！」

大野軍が一斉に槍を引いてバラバラと逃げ出す。

宗矩が剣を抜いて人を斬ったのは、生涯でこの時の七人だけである。

将軍を助けるため仕方なく剣を抜いて人を斬った。柳生石舟斎の新陰流は活人剣であり殺人剣ではない。

その頃、将軍秀忠軍の前に布陣していた前田利常軍も大混乱していた。

利常の本陣が狙われた。

そこへ馬に乗った名人《めいじん》越後《えちご》こと富田《とだ》越後守重政《しげまさ》が駆けてきた。右手で太刀を抜き、左手には炎の百目《ひゃくめ》蠟燭《ろうそく》を握っている。

「殿ッ、それがしが仕りますればご心配なくッ！」

五十二歳の剣豪は近付いて来る敵を見て、二十三歳の若き主君を守るためゆっくりと太刀を振るった。

それはまるで馬上の舞いのようである。

「越後ッ、敵が来るぞッ！」

「はい、全てそれがしが斬り捨てまする！」

前田利家《としいえ》に仕えて以来、多くの武功を挙げて一万三千六百七十石を拝領している剣豪だ。

突撃してくる敵を三人五人と斬り伏せる。

その剣技は軍神の舞いであった。

流れる春風のようにそよそよと剣が舞う。全く無駄な動きがない。

呆然と立ったまま利常は重政が斬り倒す敵を数えている。八人、十人と次々と斬り捨てた。

五十二歳とは思えない若々しい体の動きだ。

利常は重政が十九人まで斬ったのを、数え間違いをしそうになりながら数えた。敵が遂に突進してこなくなった。

「越後ッ、見事であったぞッ！」

「恐れ入りまする……」

名人越後が馬から飛び下りた。

百目蠟燭の炎は消えていなかった。この重政を前田家の人々は生摩利支天《いきまりしてん》と呼んで尊敬する。

その頃、井伊直孝軍の中にいる長野十郎左衛門《ながのじゅうろうざえもん》六十一歳も、長野与惣兵衛と名乗って武功を挙げていた。

神夢想流《しんむそうりゅう》三代目の十郎左衛門は三千五百石を拝領して井伊家の三番家老になっている。その傍にはいつも四代目になる一宮左太夫《いちのみやさだゆう》がいた。

この時、武蔵は三河刈谷の水野勝成《かつなり》軍三千八百人の中にいたと言われる。

だが、武功を挙げたということも伝わらず、家康の母於大《おだい》を伯母にもつ水野勝成などに、どのようにして陣借りできたのかも定かではない。

名を変えて陣借りしたのか。

水野家に仕官した形跡はない。武功を挙げるための陣借りの参戦だったようだ。この年、武蔵は三十二歳になっている。

別にこの時、その武蔵は生まれ故郷の姫路にいたということも伝わるがはっきりしない。

一方、武蔵の父新免《しんめん》無二斎《むにさい》は豊後《ぶんご》日出《ひじ》城下にいた。

無二斎は城主木下延俊《きのしたのぶとし》と親しかった。延俊は冬の陣、夏の陣に徳川軍として参戦したが、無二斎がその陣にいたとの話はない。

徳川軍は豊臣軍の猛攻に晒され、狙われた家康や秀忠の陣は大混乱した。

だが、大軍が総崩れになることもなく、幸村たちの嵐のような決死の突撃が過ぎ、騒ぎが収まるとたちまち逆襲に転じた。

徳川軍の猛攻に豊臣軍の武将は次々と倒れる。

真田幸村も生國魂《いくにたま》神社に近い安居《やすい》神社で、生き残った家臣たちと休息しているところを包囲され、四方からの銃撃で蜂の巣にされて死んだ。

徳川軍の攻撃は凄まじく、戦いが始まって一刻半が過ぎる午後申《さる》の刻ころには、野戦に出た豊臣軍はほぼ壊滅する。

夕刻には大坂城が燃え上がった。

秀頼、茶々姫、大野治長《はるなが》、真田大助らは本丸を出て山里曲輪《やまざとくるわ》に逃げ込んだ。

夜になって秀頼の正室千姫が、秀頼の助命嘆願のため、危険な戦場の中を家康の本陣まで出向いた。

「お爺さま、秀頼さまを助けて……」

家康にすがって懇願する千姫はこの時まだ十九歳。

「お千、そなたの気持ちはわかるがのう、そのようなことは爺が決めることではないのだ。そなたの父、将軍が決めることなのだ……」

「それではお父上さまにお願いにまいります」

「こんな夜に騒いで歩くのは危険だ。明日の朝にしなさい……」

「お爺さま、城が燃えています。朝までにはみんな死んでしまいます。どうしても、お父上さまにお会いしなければ……」

千姫は秀忠の陣に急いだ。

ところが秀忠は千姫の訴えに聞く耳を持たなかった。

「なぜ城を出てきた。そなたは豊臣家の者なのだぞ！」

助命嘆願どころではない。

秀忠に叱られ、家康にはうまく逃げられて、千姫はあきらめるしかなかった。

徳川軍の攻撃は激しく、秀頼たちは山里曲輪にもいられず、籾蔵《もみぐら》に逃げ込んで千姫からの知らせを待った。

女大将の茶々姫はこの期に及んでも考えが甘かった。

千姫が何とかすると藁《わら》をもつかむ思いでいる。何とかならないのが戦いなのだ。何とかなるようなら戦いにはならない。

やがて攻撃が止んで静寂が戻ってきた。

だが、千姫からの知らせがないまま夜が明けた。

「母上、お千は戻って来ませんでした。ここまでにございます。太閤の子らしくいたしたいと存じます」

「若君……」

「母上には厄介をおかけいたしました。泉下にて、お父上にお詫びいたします」

秀頼は長男国松《くにまつ》をすでに逃がしたが、その国松が徳川軍から逃げ切れるとは思っていない。

ここに豊臣家は滅ぶと覚悟を決めた。

この時、秀頼は二十三歳、茶々姫は本能寺で倒れた父かもしれない信長の歳と同じ四十九歳だった。

追い詰められた秀頼は未練を残すことなく茶々姫に笑顔を見せて腹を斬った。

籾蔵にいた侍女たちまで全員が自害して亡くなる。家康が望んだ通り、豊臣家はこの世から消えた。

大坂城の金蔵には黄金二万二千枚しか残っていなかったという。

秀吉が残した黄金七十万枚はほぼ使いきっている。七百万両が二十二万両に激減していた。

難攻不落の大坂城は黄金も人も力尽きたのである。

五月二十三日に、捕縛された国松が京の六条河原で斬首された。八歳だった。

その遺骸《いがい》は秀吉の側室京極竜子《きょうごくたつこ》が引き取った。国松の妹奈阿《なあ》姫七歳は、処刑されるところを千姫に助けられる。

後に天秀尼《てんしゅうに》となって秀吉の側室甲斐《かい》姫と鎌倉の東慶寺《とうけいじ》に入った。

閏六月十三日に幕府は一国一城令を発布して城の数を制限する。家康は幕府が存続するために思いついたことをすべて実行した。

七月七日に幕府は武家諸法度を公布。

九日には家康が所司代板倉勝重、南禅寺金地院崇伝《なんぜんじこんちいんすうでん》、天海に対して秀吉を祀る豊国《とよくに》社を破却するように命じる。

幕府の邪魔になるものは残しておけない。

信長は天皇から神号が下賜されず神社はない。秀吉の豊国神社は閉鎖。最早、大御所家康に敵はいない。

慶長《けいちょう》二十年七月十三日が改元されて元和《げんな》元年七月十三日となった。十七日に幕府は禁中並《きんちゅうならびに》公家諸法度《くげしょはっと》を制定。二十四日には諸宗本山本寺諸法度を布告して宗教を締め付ける。

徳川幕府が永遠に続くよう、家康はありとあらゆることを定めた。

それがやがてキリシタン弾圧になり、この国が他国より三百年も遅れることになる鎖国へと繋がっていく。

その三百年の遅れが、この国を過酷な運命に叩き落すことになる。

重信《しげのぶ》はそんな激動の日々を鷹ヶ峰の源光庵《げんこうあん》から見ていた。

色々なことが聞こえてくるが、道場に出て氏心《うじむね》や若い門弟たちと稽古をすると、雑念が吹き飛んで行った。

本阿弥光悦

そんなある日、寺にひょっこりと吉岡憲法直綱《よしおかけんぽうなおつな》が現れた。

「これは吉岡さま、いつお戻りで？」

「だいぶ前に戻っていたのだが、負け戦で色々と思うことがありまして……」

大坂城に入って戦った憲法は生きて戻った。

だが、屈託がその顔に出ている。重信は何も聞かず、憲法が話すのをしばらく待っていた。

「今出川《いまでがわ》の道場を閉じました……」

憲法の口から意外な言葉が飛び出した。

「兵法所を閉じられた？」

「ええ、剣を置き染物屋に戻ります」

吉岡流は初代吉岡憲法直元《なおもと》が京八《きょうはち》流を工夫して流派を立て、将軍足利義晴の剣術師範となって仕える。

二代吉岡憲法直光《なおみつ》は剣豪将軍足利義輝の剣術師範となり仕えた。

三代吉岡憲法直賢《なおかた》は信長と上洛してきた将軍足利義昭の剣術師範となり、将軍義昭の御前で武蔵の父新免無二斎と試合を行った。その足利幕府が滅ぶと四代吉岡憲法直綱は関白秀吉に仕える。

父無二斎の縁で若い武蔵に挑戦されたが、憲法は無名剣士との野試合を嫌って所司代板倉勝重の御前試合で武蔵を退けた。この時、新免武蔵《たけぞう》は血だらけになったが引き分けたという。

その憲法は秀吉に仕えていたことから豊臣家に恩を感じ、大坂城に籠城して徳川軍と戦ったが武運なく敗北して京に戻ってきた。

すると憲法は剣を置き憲法直元から伝わる吉岡流を閉じることにする。

吉岡流道場今出川兵法所と名乗ることを止めたのだ。憲法はそのことを言いに重信を訪ねてきた。

互いに天下に名の通った剣客同士その心奥は理解できる。

「吉岡家には初代憲法の憲法染という染色技術があります。その家業に専念したいと考えました」

「そうですか。染色もなかなか難しいと聞いておりますが？」

「はい、染料の多くは薬草から取れます。薬草を使うことは兵法の一つであり、吉岡家には兵法として薬草学が伝わっております」

「なるほど……」

「老師には格別にお世話になりました。染物屋になりましてもご入魂《じっこん》に願えますでしょうか？」

「もちろんです。こちらこそよろしくお願いいたします」

吉岡家の憲法染は憲法黒とか憲法茶とも言われ、黒褐色の重厚な気品のある染め色で憲法色などともいう。

その吉岡家は代々の当主が憲法を号するほど、清廉潔白な気質の名門で、憲法染は難しい技術を必要とする染物だが、値段も安く販売していた。

そのため小袖にして着るのが流行って人気商品となる。吉岡直綱が力を入れた憲法黒である。憲法染の技術を学びたい者たちが吉岡家に集まり、憲法はその者たちに惜しみなく憲法染の難しい技術を伝授した。その技術を身につけた者には暖簾分けして、名門である吉岡の姓を名乗ることさえ許したという。

吉岡家らしいことで、初代憲法直元もよろこんだであろう。

そのため、京の染物屋は吉岡だらけになり、気品高い黒褐色の憲法黒は現代にまで残ることになった。

市井の片隅で静かに積み重なる歴史とは摩訶不思議というしかない。

吉岡憲法直綱が大坂の陣に参戦して敗北し、家伝の吉岡流剣法は閉じたが、人々の着物に憲法染が残った。

これは歴史の裏に隠れた妙味と言えるだろうか。

剣法の流派が後世に伝わることと等しく、またはそれ以上に世の中に貢献する大切なことでもある。

「是非、五条の染物屋にお立ち寄りくださるようお待ちしております」

「必ず、お伺いいたしましょう」

吉岡憲法の顔から屈託が消え、剣客としての緊張を解いた老剣士の顔は、にこやかに晴れ晴れとして見えた。

憲法が訪ねてきた数日後に、片山伯耆守久安《ほうきのかみひさやす》がひょっこり寺に現れた。

「これは片山殿、旅支度とは？」

重信は久安を座敷に招いた。

「老師、久しぶりに旅に出るつもりで山から下りてまいりました」

「それは結構、それで、東国、西国？」

「まず江戸を見てから西国へ行こうかと思っております」

「なるほど、ところで松庵殿はお達者かな？」

「叔父上は岩国《いわくに》で壮健にございます」

修行のため片山久安は京の愛宕《あたご》神社にいたのだ。もう四十一歳になる。

豊臣秀次に招かれて剣術を指南した。

だが、その関白秀次は秀頼が産まれると高野山《こうやさん》に配流され、秀吉に切腹を命じられて亡くなった。

久安は関白秀次に恩はあるが秀頼にはない。

そんなことで大坂城には入らず、愛宕神社に登って様子を見ていた。

叔父の松庵から譲られた秘剣磯波《いそなみ》を、後陽成《ごようぜい》天皇の天覧に供し、従五位下伯耆守を下賜された居合の達人である。

「この度の大坂のことは複雑な気持ちにございました」

「そういえば、片山殿は関白さまのご指南を？」

「そうです。秀次さまがあのようなことになり、秀頼さまに恨みはないのですが、大坂城に足が向きませんで……」

「あのような大きな戦いには、人それぞれの思いがつきまといます。片山殿の気持ちは充分に理解できます」

「未熟者にてお笑い下さい……」

「いや、迷いがあるからこそ修行が大切なのではありませんか？」

「有り難きお言葉、肝に銘じまする」

「おそらく、それがしの最後の弟子となるだろう若い者が道場におります。その者は、今川家の一門で関口《せきぐち》弥六《やろく》右衛門《えもん》氏心といいまだ十八歳です。少し見ていただけますかな？」

「はッ、よろこんで拝見いたしましょう」

久安は若い氏心を気に入り、道場に二十日ばかり泊まって氏心と稽古を続けた。

その後、鷹ヶ峰の道場を後にした片山久安は江戸に向かい、廻国修行の流浪の末に西国広島城下に住み、広島浅野家に多くの居合の弟子ができる。

片山久安は広島から周防《すおう》岩国に移り、藩主吉川《きっかわ》広正の客分として遇され、七十六歳の長寿を生き岩国で亡くなる。その片山久安が旅に出て、京の山々に秋の風が吹く頃、そういう風情に最も相応しい男が寺に現れた。

京を代表するというより、天下を代表するといってよい教養人。

当代一の文化人で知識人の、上京《かみぎょう》辻子《ずし》の本阿弥《ほんあみ》光悦《こうえつ》である。光悦は五十八歳になっていた。

「老師、この度は老師と親戚になります」

少し興奮気味に天才はニコニコと重信の前に現れた。

「どうぞ、お話は座敷で伺いましょう」

本阿弥光悦は当代の知名人たちとはすべて付き合いがあると言われる。

上は天子さまや大御所、将軍から、下は法華宗仲間の町人から職人、辻々に座っている乞食まで本阿弥光悦と言えば知っている。

「本阿弥の旦那さん……」

「おう、今日もここに座っておられるのか、夕には雨になりそうな雲行きじゃな」

「へい、この空は夜まで何とかなります……」

「そうか、雨は夜か？」

「へい、あっしらの商売は空次第ですから、見誤ることはございませんでやす……」

「なるほど、おもしろい話だ。これは話賃だ……」

光悦は小銭を握ると乞食の筵《むしろ》にそっと置いた。

「どこの寺かな。早くお帰りな……」

「旦那さん、いつもすまないです」

「人は相身互いじゃ。もし、わしがそこに座すことになったら、この袖に少し入れて下されや」

「旦那さん……」

光悦に手を合わせて乞食が泣いた。

その光悦は書画、陶芸、漆芸、茶の湯、作庭、能面打ち、楽焼《らくやき》、刀剣鑑定、研磨、浄拭《じょうしょく》などを手掛ける稀に見る多才な天才で、加賀前田《かがまえだ》家に庇護され、後水尾《ごみずのお》天皇や朝廷と深くつながっていた。

家康は光悦と天皇の親密な関係を警戒する。

二十歳の若き後水尾天皇が、本阿弥光悦の良からぬ影響を受けるのではないかと嫌った。

そのため、上京の本阿弥屋敷から洛外に出すことにしたのだ。

家康は実に肝っ玉が小さい。

「老師、この度、大御所さまからこの寺の向かいに、好きにしてよいという土地を拝領いたしました」

「この鷹ヶ峰にございまするか？」

「はい、すぐそこにございます」

「道場の横の辺り？」

「二軒隣から広がる空き地と山にございます」

天才光悦は家康の意図などとっくに見抜いていた。

後水尾天皇と加賀前田家と本阿弥光悦のつながりは、幕府にも厄介で家康が嫌うのもわかっている。

家康と江戸幕府の難点はその狭量さだと光悦は見ていた。

天才はさすがに目の付け所が違う。光悦の知っている信長や秀吉にはそういう狭量さはなかった。

ことに秀吉は、大坂城は二度に分けて攻めれば落ちると家康に教えるほどだった。

家康は信長も驚いた秀吉の度量の大きさにまいっていたのだ。家康が江戸城の落とし方を、誰かに教えることなど考えられない。

家康と江戸幕府はできたばかりとはいえ、何ごとも締め付ける悪い癖があると光悦は見抜いていた。

その原因は徳川家だけが大事というお家主義にあると見ている。

兎《と》に角《かく》、徳川のお家が大切、それ以外はどうでもいいと言えば語弊があるが、実際、外様大名などはどうでもいい扱いを受けることになる。

やがて、諸法度だけでなく大名や庶民の着る物まで木綿にしろとか、大名は登城したら江戸城のどの部屋に入れとか、将軍に挨拶する時は畳何枚まで進んでいいとか、部屋に入らず廊下から挨拶しなさいとか、歌舞音曲なども派手なものは駄目とか、生き物を殺しては駄目で蚊を殺して島流しとか、大名から庶民まで締め付けるようになる。

さらに、すべての人は寺に登録しろという。檀家制度で人別を管理する。

その狭量さが江戸時代を貫くことになる。そのお陰で二百六十年の泰平が実現したともいえる。

それは家康の人質時代に培われたもので信長や秀吉にはない。信長や秀吉は庶民まで締め付けるようなことはしなかった。

その狭量さを光悦は家康仕様と考えている。

やがて家康が亡くなると東照が下賜され、天海の考えで大権現の神号がついて東照大権現になる。

絶対的な完璧で誤りのない東照大権現物語が作られていく。家康の美化だ。

江戸幕府でもっとも大切なのは権現さまで、二百六十年の江戸幕府は幕末まで権現さま仕様で貫かれることになる。

「大きな土地で新しい村を作ろうかと考えております」

「新しい村？」

「はい、茶碗などの焼き物をしたり、漆塗りをしたり、茶の湯の風流や連歌《れんが》など、何《な》んでもできる楽しい村にしようと思っています」

本阿弥光悦は京から法華仲間や職人を連れて鷹ヶ峰に引っ越し、数年で賑やかな文化村を作ってしまう。

光悦は俵屋宗達《たわらやそうたつ》などとも親しく、やがて姻戚には後の尾形光琳《おがたこうりん》や乾山《けんざん》、楽焼の楽家の宗入《そうにゅう》なども連なっていき、光悦村には光悦寺が建立され、後世の文化に大きな影響を残すことになる。

「楽しそうなお話で結構にございます」

「これからは道場の方々にも親戚付き合いを願おうと思っております」

「それはこちらからお願いしたいことです」

「子どもなども大勢おりますのでご迷惑をおかけするかと思います」

「賑やかで結構、結構……」

「有り難い。ところで、老師はお清《きよ》さまの父上が今出川兵法所を閉じられたのを御存じでしょうか？」

　上京油小路を今出川通りに向かって南下し、五辻《いつつじ》、上立売《かみたちうり》まで来ると本阿弥光悦屋敷があり、吉岡流今出川兵法所に近く吉岡憲法のことは詳しい。

「先日、憲法殿が見えられ、四半刻ほど話していかれました」

「やはり、そうでしたか。憲法染のことも？」

「はい、憲法染は難しい技術だが、良い色で人気も高いので、安価にして広めたいと言っておられました」

「なるほど、それはまことに結構なことで、あの品のある色を出すのは難しいのです。黒であって茶、茶であって黒、実に美しい……」

　美に対する感覚が鋭いのが光悦だ。

鯛の天ぷら

　改元され元和元年の九月になり、重信と氏心は旅支度をする。

旅に出る前日、道場で身内だけのささやかな別れの宴を開いた。重信と氏心、大吾《だいご》とお清、弥右衛門《やえもん》とお登喜《とき》の六人だけだ。

　七十四歳の重信とこういう別れの日が来ると誰もがわかっている。

「近々、また上洛しよう」

重信がにこやかにそう宣言した。重苦しい別れは辛い。

「江戸までお迎えに上がります」

「いや、その必要はあるまい、道を忘れることもあるまいよ」

冗談を言って重信がみなを笑わせた。なんとも珍しいことであった。

「お登喜は子ができているのかな？」

「はい……」

「そうか、箱根の両親に伝えておこう」

「あの……」

「何んだ……」

「お清さまも……」

「子ができているのか？」

「はい……」

お清がうつむいた。大吾も弥右衛門も知らなかったようで驚いている。お清がお登喜を見て「クッ……」と笑った。

「そうか、それは良い。たくさん元気な子を産め……」

賑やかな宴会が夜まで続き、重信は寺に戻って休んだ。

翌朝、暗いうちに鷹ヶ峰を発って彦根《ひこね》に向かう。

彦根城下で長野十郎左衛門と一宮左太夫に会って、岐阜に出て尾張《おわり》から三河に向かった。

三河長沢村で関口氏幸《うじゆき》と会って氏心と別れる。

「老師、上洛される時には必ずお立ち寄りを……」

「うむ、そうしよう」

氏心は泣きそうな顔で重信を見送った。

一人で東海道に出て重信は箱根に向かった。いつも急ぎ旅だったように思う。

重信は秋の景色を楽しむように山を眺めたり、海をしばらく見ていたり、一人旅を気ままに楽しもうとしていた。

その頃、駿府城の家康は重い荷を下ろした気分で、食も進み取り巻きの本多正信や金地院崇伝、天海たちも驚いている。人は気が楽になるとこんなにも元気になるものかと感心した。

家康はやるべきことはすべてやったと思う。

江戸幕府が何年続くのか、五十年、百年、二百年、三百年、五百年、千年は無理だろうか。

何かやり残したことはないか。どう考えても厄介なのは西国の外様大名たちだ。

家康が見るところ、一筋縄でいかないのが、江戸から最も遠い薩摩《さつま》の島津家だと思っている。

なんといっても薩摩は天竺《てんじく》にもっとも近いといわれる。

江戸からは遠過ぎて、薩摩国内で何をしているか、何が起こっているか全く分からない。

　この家康の危惧は二百数十年後に的中する。

幕府が鎖国政策を実施しても、島津家は坊津《ぼうのつ》に奉行所まで置いて、秘かに密貿易をして国力を充実させる。

　家康は大坂城の豊臣家を滅ぼして半年後、年が明けた一月二十一日に機嫌よく好きな鷹狩りに出かけ、大量の吐血をすると意識を失って倒れた。

　大騒ぎになるのを警戒した本多正純ら側近は、鷹狩りを中止にすると、意識を取り戻した家康を駕籠に乗せ秘かに駿府城に連れ帰った。

「騒ぐな！」

　家康は胃にできた腫瘍からの出血だとわかっている。手で触るとわかる大きさになっていた。寿命が尽きる時が来たと覚悟を決めた。

「正純、余は食あたりだ。たいしたことはないと触れを出せ……」

「食あたり？」

「例の鯛の天ぷらだ。あれを食い過ぎたことにしておけ……」

「はッ、畏まってございます」

「江戸の将軍にはありのままを伝えておくように、いいか、くれぐれも騒ぐなというのだぞ……」

「はい、そのようにいたします」

家康が鷹狩りに出た日に、京の茶屋《ちゃや》四郎次郎《しろうじろう》が狩場に来て、家康に油で揚げた鯛の天ぷらを振る舞った。

これが実に美味だった。

久しぶりの鷹狩りに家康の気が緩んだのか、日頃ならどんな美味でも一切れか二切れしか食さない家康が、あまりの美味に珍しく箸が進んだ。

それを誰も止めなかった。

揚げたての天ぷらというものは、家康でなくても実に美味で箸が止まらなくなる。

家康はその天ぷらの食あたりだといったが、実は数年前から胃に腫瘍ができているとわかっていた。

家康の薬草学や漢方は、下手な医師など太刀打ちできない本格的なものだ。

足利学校の庠主《しょうしゅ》三要元佶こと佶長老が、医学を学ぶ弟子たちに伝授する専門的な学問を家康に授けた。

半端な学問ではない。

天下を取りたい家康に、身が健康でなければ何もできはしないと、足利学校の秘伝である薬草学を伝授したのだ。

信長老は家康に信頼され、僧でありながら幕府の初代寺社奉行になる。

生きている時は家康の傍を離れず関ヶ原にも同行し、弱気になる家康を占筮《せんぜい》によって神意の吉凶を問い、めでたい、心配ありませんと励まし続けた。

家康の参謀とも軍師とも言える天才だった。

薬草を調合して漢方を差し上げ、秘薬を伝授するなどした信長老の亡き後は、家康が自ら薬草を調合して家臣に試す。

本多正信などそれから逃げるのに必死で、中には逃げきれずに死んだ者がいるのかも知れない。

家康の漢方はそれほど本格的だった。

嘔吐や下痢の家臣は常で、その状態を家康に詳細に報告せねばならないのだから踏んだり蹴ったりである。

その家康が豊臣家を滅ぼした直後に倒れた。

駿府城から江戸城に向かって次々と早馬が飛び出す。東海道は殺気立った雰囲気に包まれる。

何が起きたのか庶民にはわからない。

「また戦か？」

「馬鹿野郎ッ、大坂で終わったばかりじゃねえか……」

「なら、この早馬は何だよ、ほらッ、また来るぞ！」

「只事じゃねえな？」

「西から来るんだから戦だろう？」

「馬鹿ッ、そうたて続けに戦があってたまるかよ！」

「そう、馬鹿、馬鹿っていうな。去年は冬と夏の二回、やったじゃねえかよ？」

「それもそうだな……」

「また来たぞッ！」

路傍の旅人が立ち止まって行くべきか引き返すべきかを考える。

「藤沢宿まで戻ろうか？」

「いや、平塚宿まで行って様子見だ！」

「大丈夫かよ……」

路傍のあちこちに旅人が立っている。百姓家から飛び出して街道まで走ってくる者が何人もいた。

家康が倒れた後、京の朝廷は家康を太政大臣に昇進させた。

武家で太政大臣にまで昇ったのは平清盛、足利義満、豊臣秀吉、それに家康で四人目になる。

重信は箱根で竜太郎《りゅうたろう》とお満《みつ》にお登喜の話を済ませ、江戸の日本橋三河屋《みかわや》で八兵衛《はちべえ》と七兵衛《しちべえ》、七恵《ななえ》、お志乃《しの》、お小夜《さよ》と会ってから、本郷台の木鶏庵《もっけいあん》に行き六助《ろくすけ》とお吉《きち》に会い、木鶏庵に逗留して正月を過ごしていた。

木鶏庵での逗留も間もなく一ヶ月になる。

その頃、高松勘兵衛《たかまつかんべえ》信勝《のぶかつ》が一ノ宮《いちのみや》の道場を閉じて、六助の助力を受けて念願の武蔵川越の蓮馨寺《れんけいじ》に住居と道場を移していた。

それは信勝が子の信繁に道場を引き継がせるためでもあった。

高松家は蓮馨寺とは長い付き合いがある。

蓮馨寺は川越城主だった大道寺政繁《だいどうじまさしげ》の母、蓮馨が天文十八年（一五四九）に開基した寺であった。

建立後六十七年のまだ新しい寺だ。

勘兵衛信勝の高松家は、出羽寒河江《でわさがえ》の大江一族である。桓武《かんむ》平氏の鎌倉北条《ほうじょう》家と深い関係にあった。

承久の乱の折、鎌倉幕府政所《まんどころ》別当の大江広元《ひろもと》の嫡男大江親広《ちかひろ》は、京にいて後鳥羽《ごとば》天皇に味方し、父広元の幕府軍と戦った。

戦いに敗れた親広は出羽の寒河江荘に流され定住する。

その親広の曽孫、大江元顕《もとあき》の四男大江顕広《あきひろ》が、高松《たかまつ》顕広を名乗って高松家を立てた。

重信が生まれた楯岡《たておか》は、その寒河江の隣である。

世間は広いようで実に狭い。

一方、川越城の大道寺政繁の曽祖父大道寺重時は、小田原の後北条を立てた北条早雲に、京から従ってきた家臣で、御由緒六家に数えられる。

北条早雲は伊勢新九郎ともいうが、伊勢家は鎌倉北条家と同じ桓武平氏であることから、新九郎は北条早雲と名乗った。

小田原城の北条氏政《うじまさ》は早雲の曽孫である。

勘兵衛信勝の高松家は、この小田原の後北条家とも川越の大道寺家とも縁が深かった。

大道寺政繁は、小田原征伐の時に豊臣軍と戦って敗れると秀吉に切腹を命じられる。

だが政繁の子直繁は家康の助命嘆願で助けられ、北条氏直と一緒に高野山に流された。

直繁はこの時の家康の助命嘆願に恩を感じて、氏直が亡くなると北条家に戻らず将軍秀忠の家臣になった。

大道寺家は衰退したが、川越城下に政繁が母のために建立し、その母が開基した孤《こ》峰山《ほうざん》宝池院《ほうちいん》蓮馨寺が残った。

重信は本郷台の木鶏庵に滞在して、時々日本橋の三河屋に顔を出している。

重信のような剣客が用心棒のように両替商に出入りするだけで、不心得者たちがお店に近づかなくなる。

そんな時、廻国修行中の片山伯耆守久安が三河屋に現れた。

重信が京の鷹ヶ峰で久安と別れる時、江戸の三河屋を紹介していたからである。

「老師、平泉まで行ってまいりました」

重信が三河屋にいたので少し驚いたが、剣士の久安は日焼けした元気なニコニコ顔だった。

「八兵衛殿、片山伯耆守殿じゃ……」

重信は八兵衛に久安を紹介して三人で一刻近く話し込んだ。

夕刻、重信と久安は三河屋を辞して、本郷台の木鶏庵に行って泊まった。

翌朝、まだ暗いうちに重信と久安、六助の三人が、木鶏庵を発って川越の蓮馨寺に向かう。

お吉と手伝いの老夫婦が門前で見送っている。

江戸から川越に行くのは川越往還だ。

その昔、太田《おおた》道灌《どうかん》が江戸千代田城と川越城を築いた時、この二つの城を結ぶ切れ切れの道を一本の街道として整備した。

それが後の川越街道である。

本郷台から中山道《なかせんどう》を板橋宿まで行き、板橋宿の平尾追分から川越往還に出る道筋で、日本橋から川越までは十里三十四町といわれる。

少し急げば男足なら一日でも行けるが、のろのろの女足になると一日半から二日というところだ。

やがて江戸から川越までの舟運が川越夜船として整備されると、川越は街道と舟運の二つということになって大きく繁栄し、小江戸と呼ばれるようになる。この頃は、家康の再従弟《はとこ》である酒井忠利が、川越城に二万石で入っている。

その川越には木鶏庵の六助が会いたい人がいた。

勘兵衛信勝の道場を見るだけでなく、家康の具合が良くないと聞き是非にも会いたい人物である。

それは家康の参謀ともいえる天海僧正だ。

東照大権現

川越には天長七年（八三〇）に、円仁こと慈覚大師が開山した星野山《せいやさん》無量寿寺という大きな寺がある。

日蓮が伝法灌頂《でんぽうかんじょう》を受けた寺で北院仏蔵院、中院仏地院、南院多聞院があり、その北院で天海は慶長四年（一五九九）に二十七世の住職となる。

その天海が北院を、星野山無量寿寺喜多院と名を改めた。

天海は天文五年（一五三六）に、陸奥《むつ》会津の名門蘆名《あしな》一族の船木景光の子に生まれたという。

信長が比叡山延暦寺《えんりゃくじ》を焼き討ちにした時、天海はまだ随風という名の天台僧で比叡山で修行中だった。

焼き討ちの最中に、燃える比叡山を下りた天海は、天台座主《ざす》たち高僧とともに甲斐《かい》の武田信玄《たけだしんげん》のもとに逃げた。

甲斐にいた天海は故郷の会津蘆名家に呼ばれ、会津黒川城こと若松城の稲荷堂に入る。

その会津から上野《こうずけ》長楽寺に出て、下野《しもつけ》足利学校の九世庠主三要元佶と会い、その天才ぶりに触れて尊敬し佶長老と呼んだ。

天海は佶長老より十二歳も年上だった。だが、天海には優れた才能を愛でる大きさがあった。

怪僧と言われる由縁だ。

上野長楽寺から天正《てんしょう》十六年（一五八八）に川越の無量寿寺北院に入り、名を随風から天海に改め、家康の将来を見込んで接近する。

天海は小田原征伐の時には、家康の側近として従軍し徳川軍の陣所にいた。

そこへ、北条家が没落してしまうと、足利学校の後ろ盾を失った三要元佶も家康に接近してきた。そのため家康の傍に天海と信長老、そこに南禅寺の金地院崇伝が加わって、三人の僧侶が強力な参謀になる。

この三人に謀略家の本多正信が加わり、四人が家康の頭脳となり四肢となって働くことになった。

徳川四天王に勝る強烈な四参謀であり軍師だ。

天海は江戸崎の不動院の住職も兼務していて、師岡一羽《もろおかいっぱ》の門下で重信の弟子でもある土子《ひじこ》土呂助《どろのすけ》を知っていた。

この頃の土呂助は、江戸崎の道場を門弟の水野八弥に任せて、遠州横須賀城主大須賀家に仕えている。

川越の蓮馨寺と無量寿寺喜多院は小仙波《こせんば》ヶ《が》原《はら》にあり、二つの寺は大きな森の中にあって五、六町しか離れていない。

蓮馨寺の高松家の道場は完成していて道場主は信勝の嫡男信繁である。

重信は高松家とは別に近くの百姓家に住むことにした。

道場を検分すると六助は重信と二人で喜多院に向かう。

天海は駿府の家康の傍で不在かと思われたが、二月に入ったばかりで天海は旅に出る支度をしていた。

家康の傍にいることの多い天海だが既に八十一歳の高齢になる。

天海は家康の病気のことを知っていて、大坂城の攻撃を急ぐべきだと進言した一人でもあった。

もう、家康の命は長くないと感じている。

家康からは竹千代こと家光《いえみつ》と、その乳母お福こと春日局《かすがのつぼね》を頼むと遺言された。

その家康から「お福を好きにしていいぞ」と、埒《らち》もない冗談を言われて戸惑った天海である。

天海は日本橋の三河屋と神夢想流の林崎《はやしざき》と聞いて二人と会った。

「大僧正さまにおかれましてはまことにご壮健にて、三河屋六助、心からおよろこびを申し上げます」

「うむ、大御所さまの両替商三河屋殿と、剣豪林崎殿とはこの頃聞かない組み合わせだが？」

「大僧正さまにお会いできまして有り難く存じまする」

重信が合掌してから天海に挨拶した。

「お二方ともよくお出でいただきましたな。お会いしたいと思っておりましたのじゃ。何から話しましょうかのう……」

「大僧正さま、大御所さまのお加減はいかがにございましょうか？」

「おう、三河屋殿はそのことでお越しになられたのか。実は正直なところをいうと厳しいようだな……」

「そんなに悪いと？」

「うむ、相当に悪い。これから駿府にまいるのだが、三河屋殿もまいられるか？」

「お許しをいただけますならば？」

「大御所さまもよろこばれよう……」

「では、お供をさせていただきます」

六助は家康と会えるとは思わないが駿府まで行きたいと思った。万一にも家康が会うというかも知れない。

もう二十年近く会っていない。

「林崎殿、そこもとのことは将軍さまの剣術師範、柳生殿や小野殿、伊達殿や大久保殿などから聞いておったのだが、一つ聞きたいことがあってのう……」

「恐れ入りまする」

「実は江戸城内で赤松《あかまつ》一族の新免無二斎の息子で武蔵という剣客が話題になった。将軍さまの剣術指南にという話があったようなのだが、とても評判の悪い男のようで前田家の富田越後守殿と、柳生殿、小野殿が猛反対されているということであった。そのことをご存じかな？」

「いいえ、存じ上げませんが……」

「林崎殿が武蔵のことを知っていると聞いたのだが？」

「はい、新免無二斎殿とは剣友にて、幼い頃の武蔵と二度ほど会っております」

「どのような男か？」

「十年以上も会っておりませんので噂にございますが、剣は相当に強いと聞いております。どのような剣法を使うのかは分かっておりません。その辺りのことは京の所司代板倉勝重さまがご存じかと思いますが？」

「うむ、そのことも聞いた。十数年ほど前に京で御前試合をしたそうだな？」

「はい、京の吉岡憲法さまにございます」

「板倉殿は武蔵のことを駄目だと柳生殿に伝えたようじゃ」

「さようでございますか……」

「西国では特に評判が良くないということであった。巌流《がんりゅう》という老剣客を騙し討ちにした卑怯者とか？」

「その噂は聞いております。事実なのか確かめたいと思っておりますが、どこにいるものか？」

「板倉殿が武蔵の剣は殺人剣だとも言ったそうでな……」

「殺人剣？」

「拙僧は剣のことは分からぬが、以前、大御所さまが柳生石舟斎殿から、剣は人を活かす剣でなければならぬと聞き、無刀取りという技を見せられたという。それに感銘して柳生宗矩殿を仕官させたのだといっておられた」

「それがしもそのように聞き及びまする。泰平の御世に殺人剣は無用、石舟斎さまの申された活人剣こそ泰平の御世を守る剣と心得まする」

天海は重信の言葉を聞いてニッと微笑んだ。

「惜しいのう、林崎殿はなぜ仕官をなさらぬのか、万石でも惜しくない剣士と拝見しましたが？」

「もう、七十五歳になりましてございます……」

「剣は仏法と同じにて年に関係はござるまいて？」

「恐れ入りまする。それがしは出羽楯岡城の、今は亡き楯岡因幡守《いなばのかみ》さまの家臣にございます。それに父の仇討《かたきうち》をするにあたり、熊野《くまの》権現のスサノオさまと約束したことがございます。それで、仕官は遠慮させていただいております」

「将軍家でも？」

「恐れながら、仕官の儀ばかりはお許しを願いまする」

「うむ、神さまに叱られましたか？」

天海の眼は鋭く重信の心の中を見破った。

修行を積んだ老僧は荒ぶる神の容赦しない振る舞いを知っている。神は人の命など容易く奪う。

重信は母志我井《しがのい》と薫《かおる》、お道《みち》と阿国《おくに》を、自分の油断で神の怒りに触れ、その神に奪われたと信じている。

「恐れ入りましてございます」

「そのようなことであれば致し方ありませんな。応仁以来、百年の乱世が続き、これからの泰平はその倍の二百年は続けたいもの、そうしないと差し引きの勘定が合いませんでな……」

天海が子どもっぽくニッと笑った。

この怪僧は百八歳まで長寿を生き、上野台地に東叡山寛永寺を建立、日光に東照宮を築いて徳川幕府を盤石にする。

重信と六助は喜多院の天海と半刻ほど面会して辞した。

六助は天海一行と駿府へ行くことになり、重信と高松信勝が同行し、信繁と片山久安が道場に残ることになった。

二日後、天海は川越城主酒井忠利の家臣たちに守られ、駕籠に乗って川越から八王子に向かい、八王子から小田原に出て箱根を越えて駿府に行く道を急いだ。

その頃、家康の容態は落ち着いて、気分がいいと体を起こしたり、室内を歩いて庭を見たり、わがままでなかなか厄介な病人になっている。

医師の言うことも側室たちのいうことも聞こうとしない。

漢方の調合をしようとしたり、庭を見ながら「掛川《かけがわ》の田んぼには鶴がきているころだな……」などと、好きな鷹狩りに行きたそうなのだ。

そんなところに天海が現れた。

「天海、まだ早いぞ……」

「大御所さまの病《やまい》をご祈禱で治して進ぜようかと川越から出てまいりました」

「そうか、それは有り難いが治るとも思えぬな……」

「それでは、大御所さまが驚く方をお連れしましたのでお会いになられますか？」

「誰であろうな？」

「では……」

天海が合図すると酒井家の家臣が六助を家康の部屋に案内した。

部屋に入って敷居の傍で平伏した。家康とは七、八間も離れていたが、眼のいい家康は誰なのかすぐわかった。

「三河屋ッ、七兵衛ではないかッ？」

「はい、三河屋にございます……」

「よく来たな。遠慮はいらぬぞ、ここへまいれ！」

すぐ傍の畳を指さした。六助が天海の傍まで進んだ。

「遠慮するな、ここだ……」

「はい……」

六助は上段の家康の目の前まで進んで平伏した。

「七兵衛、顔を見せろ！」

「はい……」

「江戸の店はどうだ？」

「大御所さまと将軍さまのお陰で繁盛しております」

「そうか、将軍はしっかりやっているか、この家康が一番苦しい時に力と金を貸してくれたのが七兵衛、そなただ。礼を言う……」

「勿体ないお言葉にございます」

涙がこみ上げ六助は両手で顔を覆った。

家康は桶狭間で義元が信長に討ち取られた時、岡崎《おかざき》城近くの大樹寺まで逃げて来て腹を斬ろうとした。

その時、大樹寺の住職登誉天室《とうよてんしつ》に厭離穢土欣求浄土《おんりえどごんぐじょうど》の教えで諭され生きることにする。

岡崎城に入った家康は今川家から離れて何も持っていなかった。そんな時、家康を助けたのが同じ年格好の七兵衛とその父の六助だった。

「お六、余の陣羽織を持ってまいれ……」

家康が最も若い二十歳の側室に命じた。お六の方は家康の側室お勝の方に仕える部屋子だった。

その可愛らしい気の利くお六を気に入り、家康が七十一歳の時に手を付けた。

大坂の陣にも連れて行くほど気に入っている。

家康には正室瀬名《せな》、継室朝日の他に側室が二十人いた。亡くなった側室もいる。

そのお六の方が、侍女に家康の陣羽織と、脇差の入った乱れ箱を持たせて部屋に戻ってきた。

それをお六の方が六助の前に置いた。

「七兵衛、余から礼の品だから取っておけ、その陣羽織は厭離穢土欣求浄土の教えを受けた時に着ていたものだ。脇差は粟田口国安《あわたぐちくにやす》、六人兄弟の三男だ」

「大御所さま、このようなものを頂戴しては……」

「七兵衛、そなたにはそれでも足りぬ恩がある。七兵衛の買ってきてくれた鉄砲はよく当たったぞ。兵を殺さずに済んだ」

「大御所さま……」

「もそっと寄れ……」

「はい……」

六兵衛が膝で上段の縁まで進んだ。家臣でも近づけない場所だ。

「七兵衛、そなた、平八郎《へいはちろう》の家臣を孫娘の婿に一万両で買うと言ったそうだな……」

家康が六助の耳につぶやいてニッと笑った。

「あのぎょろ目が驚くのを見たかったわ、平八は横着者で平気でこの家康に意見しおるのよ……」

「大御所さま……」

本多平八郎忠勝は六年前に亡くなっている。

「そなたに蜻蛉切《とんぼきり》を見せたそうだがな。あの偏屈者はこの家康にも見せなかったのだぞ……」

「平八郎さまは大御所さまに一番忠義を尽くされたご家来にございます」

「わかっておる。わかっておるのよ。あの不忠者はこの家康より先に逝ったのを怒っているのだわ……」

「はい……」

「余は間もなくだが、そなたは長生きいたせ、若い嫁をもらったそうではないか？」

「大御所さまもまだまだ……」

「うむ、せいぜい養生しよう……」

六助はまた泣きそうになり家康の前から下がった。

重信と信勝は城下の旅籠にいた。

この日、家康は上機嫌だったが翌日には食べた物をすべて吐き出し、日に日に衰えていき二ヶ月後の四月十七日に駿府城で死去した。七十五歳だった。

同夜中に家康の遺骸は久能山に運ばれ、家康の遺言通りに西国の外様大名をにらむように西向きに葬られた。

朝廷は家康に東照の神号を下賜する。

この神号の東照に対して天海は大権現を主張、金地院崇伝が大明神を主張したため意見が割れた。

話し合いの結果、天海は、秀吉は豊国大明神だったが、豊臣家は秀吉の死後、十数年で滅んだのだから大明神は不吉だと否定。そういわれては崇伝も大明神を取り下げるしかない。

家康は天海の案で東照大権現となった。

この後、家康は神君とか権現さまと呼ばれることになる。

臭い武蔵

新しい高松道場には川越城の酒井家の家臣が来るようになった。

天海僧正が駿府城に行く時、三河屋六助が同行し、その三河屋を林崎重信と高松信勝という剣客が守っているのを見て、酒井家の家臣たちは驚いている。

旅の間に親しくなると神夢想流居合のことを知りたがり、重信は旅のつれづれに話をし居合の型を見せた。

その効果があって高松道場に五人、十人と門弟が増える。

今や林崎甚助《じんすけ》重信は神の剣士として伝説になろうとしていた。噂に聞く林崎はもう死んだのではないかと思っている者もいる。

そんな重信に片山伯耆守久安と高松勘兵衛信勝、道場主の信繁がいるのだからこれ以上の指南役は望むべくもない剣術道場だった。

そのような時に意外な剣客が現れた。

五月に入り、雨の季節でシトシトと重い雨が降っている。重信は信繁の息子風千代《かぜちよ》丸《まる》こと後の信之《のぶゆき》九歳と炉端《ろばた》で遊んでいた。

「風千代、誰か表にいるぞ……」

「ん、母上かな？」

「出てみなさい……」

ぴょこんと立ち上がった風千代丸が百姓家の表戸を開けた。そこには笠をかぶった武家が立っている。

「老師、お武家さまだよ！」

「おう、雨に濡れておられるだろう、入っていただきなさい……」

「どうぞ、お入りください」

「かたじけない」

軒下で笠を取り、蓑を脱ぐと暗い土間に一歩足を入れた。

隙のない緊張した構えだ。傍に蓑と笠を置いた。炉端に白髪の老人が座っているのを確認すると、腰の太刀を鞘《さや》ごと抜いて右手に握る。

「突然、お伺いしましてご無礼のことお許し願います。それがしは出羽佐竹の十二社権現からまいりました三間《みつま》与一《よいち》左衛門《ざえもん》景延《かげのぶ》にございます。老師は林崎さまにございましょうか？」

「林崎甚助です。三間殿のことは存じております。お上がりなさい。雨に濡れて寒いでしょう……」

重信が知っているといったので、緊張して見ていた風千代丸がほっとした顔になった。

「失礼いたします」

炉端で与一左衛門が重信に頭を下げた。

三間与一左衛門景延は、天正五年に出羽秋田の十二社権現の、斎宮の子として生まれた。

重信の弟子東下野守元治《とうしもつけのかみもとはる》の弟子桜井《さくらい》五郎《ごろう》左衛門《ざえもん》直光が、与一左衛門の父三間斎宮と剣友で神夢想流居合を伝えている。

与一左衛門は父から卜伝流《ぼくでんりゅう》を、桜井から居合を伝授された。

従ってその三間斎宮と子の与一左衛門は、少し遠いが重信の曽孫弟子ということになる。

神夢想流居合は重信の弟子たちによって、そこまで裾野を広げつつあった。

与一左衛門は十二社権現で修行すること二十年、ある夜、夢想の中に白鷗が水に浮かび、水面下でしきりに足を動かすのを見て剣の奥秘に開眼、廻国修行の末に水鷗《すいおう》流を立て流祖となった。

水鷗流は居合を基本に置き、剣法、長刀術、杖術などを伝える。

三間与一左衛門は大師匠の重信に会いたくなり探してきたのだ。この時、与一左衛門は四十歳になっていた。

江戸崎の土子土呂助は師岡一羽を通して、東下野守や桜井五郎左衛門から、出羽の秋田にいる剣の逸材として与一左衛門のことを聞いていた。

重信は何年も前に、土呂助から与一左衛門のことを聞いている。その剣の秀才が水鷗流居合を携えて現れた。

「お師匠さま、何としてもお会い致したくお訪ねいたしました」

「うむ、水鷗流と言うそうだな?」

「はい、鷗の如くにございます……」

「そうか、良く致した。居合は神の剣法である。破邪顕正の一剣である」

「はい!」

「断魔の利剣の挙に出るは道を求めるゆえである。仏心鬼剣を以て機先を制し、沈着周到、遅速、緩急、強弱、陰陽《いんよう》を悟り、場に臨んで静中に動、動中に静、懸待表裏の技と残心を自得しことを納め、而《しこう》して格調高き無限の品位と風格ある境地に到達するを居合道という」

「はい!」

「居合は人に斬られず人斬らず、ただ受け止めて平らかに勝つことを本願とする」

「はい!」

「剣禅一如、禅の修行もするように……」

「はッ、肝に銘じまする」

重信は神夢想流居合の極意を与一左衛門に伝えた。

「良いところに来られた。道場に片山伯耆流居合の片山殿がおられる。しばらく稽古をしていかれるがよい」

「はい、お願いいたします」

ここに田宮平兵衛《たみやへいべえ》と長勝《ながかつ》親子、長野十郎左衛門と弟子の一宮左太夫、若き天才関口氏心がいれば無敵の神夢想流居合になる。

重信はフッとそんなことを思った。遂に来るところまで来た。神との約束も生涯をかけて果たすことができたのではないか。

「風千代、茶碗を持ってまいれ……」

「はい！」

風千代丸は与一左衛門を気に入ったようでニッと笑って立った。茶碗を持って戻ってくると湯を注ぎ重信が与一左衛門の目の前に差し出した。

「抜いてみろ……」

一尺ほどの間合いしかない。重信は九寸五分の間合いがあれば三尺三寸の大太刀が抜ける。与一左衛門は正座したまま太刀を腰に差した。大きく息を吐いて鯉口を切ると柄を握る。

重信の茶碗が酒を注いだ大杯のように大きく見えた。この間合いで抜き切れなければ重信の腕を斬り落とすことになる。

水鷗流居合の流祖は心静かだ。

目を瞑り一呼吸すると、パッと目を開いた瞬間に太刀が鞘走った。茶碗の前を走る剣筋を重信は見た。

剣先が空にグッと伸びた美しい残心だ。薄く茶碗を斬り中の水を斬った。

風千代丸は驚いて剣先を見ている。

「見事じゃ……」

「恐れ入りまする」

息を乱すことなく太刀を鞘に戻して、与一左衛門が重信に頭を下げ斬った茶碗を受け取った。

それを見て風千代丸がまたニッと微笑んだ。

子どもたちは強い剣士が大好きである。与一左衛門は風千代丸に強い剣士だと認められた。

二人が炉端で話していると道場から久安が戻ってくる。

「三間殿、片山殿だ……」

重信が紹介した。

「三間与一左衛門景延です」

「おう、水鷗流の三間殿、片山久安です。お会いしたいと思っておりました」

「それがしも伯耆守さまにはお会いしたいと念じておりました」

片山伯耆守は片山松庵の弟子で重信には孫弟子、与一左衛門は曽孫弟子だ。

その広がりは重信の神夢想流居合が、全国各地に確実に根付いていることを意味している。

翌日から片山伯耆流居合の久安、水鷗流居合の与一左衛門、高松流居合の信繁が道場で火の出るような稽古を続けた。

重信は百姓家で風千代丸と遊んでいる。

母親のお滝《たき》がそんな二人の様子を見るため、時々重信の百姓家に顔を出す。

六月に入って雨の季節が過ぎると急に暑くなってきた。

久しぶりに道場に出た重信は片山伯耆流居合、水鷗流居合、高松流居合のそれぞれを見せてもらった。

三様に流派を構えるだけの工夫と精進が見られる。

大いに満足して百姓家に戻り三人が炉端にいると、バーンと百姓家の板戸が開いて大男が入ってきた。

一瞬、百姓家の暗がりに眼を細めたが、ゆっくり土間を歩いて上がり框に足をかけた。

「来たな、武蔵《たけぞう》、待っていたぞ……」

「甚助ッ、表に出ろッ！」

無礼な態度に久安と与一左衛門が傍の太刀を握った。それを重信が手で制する。

「そなたには言い聞かせることがある。聞く耳はあるか？」

「うるさいッ、決着をつけてやるッ！」

「愚か者ッ、この国にそなたのいる場所はもうない！」

「何ッ！」

「お父上のおられる九州へ帰れ！」

「うるさいッ！」

上がり框から草鞋《わらじ》を履いたまま炉端に飛び上がるといきなり太刀を抜いた。

「愚か者！」

「黙れッ！」

武蔵が気合もなく踏み込んできた。

だが、一瞬、重信の動きが早かった。炉端にある太い薪を握ると振り下ろした武蔵の太刀を跳ね返した。

そのまま薪の切り口を、踏み込んだ武蔵の足の甲にドンと落とした。

「ギャーッ！」

武蔵がもんどりうって土間に転がり落ちた。

足の甲が折れたような音がした。これは痛い。さすがに大男の武蔵も足の甲を打たれては、大きな足が痛いなんていうものではない。七転八倒の痛さに土間でもがき転がった。

武蔵の悲鳴を聞いた仲間が三人、土間に飛び込んでくると仰天しながらも、武蔵の腕や襟をつかむと外に引きずって行った。

外で何人かの仲間が待っている様子だ。

「武蔵とは何者にございますか？」

太刀を握ったまま緊張の久安が聞いた。

「新免武蔵ともいう……」

「武蔵、では、巌流小次郎《こじろう》さまを騙し討ちに……」

「その男だ……」

「それがなぜ、老師を狙うのですか？」

久安が驚いている。それは与一左衛門も同じだ。

「あの男の父、新免無二斎殿とは剣友でな。九州に訪ねた時、あの男がまだ二十歳前だったが、わしの寝所を襲って返り討ちにされた。それ以来のことだ……」

「何んと愚かな。あの臭さは獣のような……」

「それが兵法だそうだ」

「体を洗わない。何流の兵法にございましょうか？」

「あの男は父親からも学ぼうとしない自分勝手流、惜しいかな有り余る己の力を飼いならせない愚か者だ。また来るだろう。何度でも言い聞かせてやる。無二斎殿が心配しておられるだろうから……」

「親の気持ち子知らず」

「どこにでも、よくあることだな」

二人の話を炉端で与一左衛門が黙って聞いている。この時、武蔵は三十三歳になっていた。新免無二斎は日出城下でまだ健在だった。

武蔵、敗れたり

夏が過ぎても、武蔵がまた来ると重信から聞いて、久安と与一左衛門は川越から動けなくなった。

暑い盛りの猛稽古で久安、与一左衛門、信繁の三剣客は少し痩せてきた。流派を超えて三人は信頼できる剣友になり、酒井家からの門弟も二十五人を超えて一段と賑やかになった。

重信は毎日、風千代丸と釣りに行ったり、泥鰌《どじょう》を取りに行ったり結構忙しい。

時々は道場に出て三人の剣客に、神夢想流神伝居合抜刀表二十二本と万事抜《まんじぬき》を伝授した。

風千代丸と遊んでいる時だけが重信の余生の真似事だ。

剣士である重信に余生などない。日々が鍛錬であり、これでいいと思った時から剣士ではなくなる。

懈怠《けたい》は魔物、怠惰からは何も生まれない。

喜多院や蓮馨寺のある原野は小仙波ヶ原という。

川越は広大な武蔵野の雑木林に覆われ、水はけのよい土地だから田より畑に適していた。あちこちに薄《すすき》の原が広がっている。

古き頃に河越一族が支配していたことから川越といい、また、入間川を越えて行く土地で川越といったともいう。

江戸に幕府が開かれる前は、川越が武蔵の中心で四方に道が開かれた。

そんなことから、川越を江戸の母と呼ぶことがある。

つまり江戸を育てたのは川越だということだ。

その原野に秋風がサワサワと吹き始めると、薄い雲が高々と箒の掃き目のように浮き始める。

餓鬼大将の風千代丸が近所の子どもたち十人ばかりを集めて庭で騒いでいた。

その騒ぎ声がフッと消えた。

炉端にいる重信は誰か来たと感じた。

「殺気だな……」

「はい……」

傍の与一左衛門につぶやいた。

ガラッと板戸を開けて風千代丸が入ってくると「老師、これッ！」と書状を差し出した。

草履を脱ぐのが嫌なのか、上がり框に腹ばいになって重信に手を伸ばした。

「武家か？」

「うん、汚い侍だ……」

「大男か？」

「違うよ……」

「その男はどうした？」

「行っちゃった……」

重信が書状を受け取ると宛て人も差し出しの名前もない。

書状を開くと九月十九日卯の刻、小仙波ヶ原喜多院門前とだけ書いてある。傍に座っている与一左衛門に書状を渡した。

「これは？」

「懲りない男だ。野試合なら勝てると思っている。困ったものだ……」

「お師匠さま、それがしが仕りまする」

「あの男のことはわしにも多少の責任がある。斬り捨てるのは容易いが、己の振る舞いの間違いを悟らせたい……」

書状を丸めるとポイッと囲炉裏の火に投げた。ボーッと炎が立った。

重信は武蔵に殺された多くの剣士たちを思う。二流、三流とはいえ剣を志した者たちだ。

それを次々と殺したと聞く武蔵の振る舞いはあまりに惨い。

戦場ではないのだ。

与一左衛門から話を聞いた久安が、重信に代わって武蔵と戦わせてほしいと申し出たが、重信はそれを許さない。

二日後の明け六つ、卯の刻に重信、久安、与一左衛門、信勝、信繁の五人が小仙波ヶ原喜多院の門前に向かった。

四半刻ほど待たされて、武蔵と門弟と思われる浪人七人が現れた。

どう見ても行き場のない浪人の群れだ。武蔵について歩けば食いっぱぐれないと思っている食い詰め浪人にしか見えない。

　重信は四人を制して一人で武蔵のいる草むらに入って行った。

「足は治ったか？」

「うるさいッ！」

「八人がかりでもわしを倒すことはできないぞ」

「黙れッ！」

　武蔵は、薄汚く臭ういつもの武蔵を捨て、小奇麗な小袖と裁着袴《たっつけばかま》をつけて襷《たすき》がけに紐の鉢巻をしている。

　なかなかの武芸者風に拵《こしら》えている。醜男の大男だからどこでも目立つはずだ。

「少しは世の中の礼儀が分かったようだな、武蔵……」

「抜けッ！」

「武蔵、徳川さまの剣術指南はあきらめろ、そなたの殺人剣では天下さまの指南はできぬ。徳川家の柳生新陰流も小野派一刀流も活人剣である。剣は人を殺すだけのものではない。人を活かすのが剣だ。そなたの出る幕はもうどこにもない。九州へ帰れ、お父上に教えを乞え、無二斎さまこそそなたの師匠なのだぞ……」

「うるさいッ、抜けッ！」

「武蔵よ、子は親を超えられない。少しばかり強いからといって思い上がるな。もう、人を斬るな！」

「黙れッ！」

大男の武蔵が叫ぶと同時に太刀を抜いた。

「聞く耳はないか？」

「ないッ！」

武蔵が二歩、三歩と前に出て中段に構える。

それを見た門弟七人がバラバラッと重信を囲んだ。その時、喜多院の山門に小僧を連れた天海が姿を現した。

重信は旅姿で襷がけをし、白髪に黒い紐の鉢巻だ。

武蔵は二間ほどの間合いまで詰めたが、警戒してそれ以上は近付かない。

「抜けッ！」

武蔵をにらんだ重信が一歩前に出て間合いを詰めた。また一歩詰める。既に鞘口を切っていた。武蔵がすり足で二歩、三歩と右に回った。凄まじい重信の殺気がビリビリと、武蔵の剣先に伝わり恐怖に襲われる。

その殺気を振り払うように、気合いを発して武蔵の剣が上段に上がった。大男の力任せの剣が頭上から襲ってくる。スッ、スッと重信が一足一刀に間合いを詰めた。

居合は天地一体、万物同根にて順和する。

間合いは心にあり。重信が一気に間合いを詰めた。殺気に震えながら鬼の武蔵が踏み込んだ。

だが、一瞬早く後の先で乱取《らんどり》備前《びぜん》が鞘走った。

振り下ろす武蔵の剣の下で、太刀がきらめいたのを武蔵は見た。恐怖に襲われた。

瞬間、武蔵の胴を真っ二つに抜いた乱取備前が、武蔵の右肩を打ち据えてピタッと張り付いた。

神伝居合抜刀表一本山越《やまこし》、そのまま首を斬られれば武蔵のすべてが終わる。

「クッ……」

膝から崩れ落ち地面に手をついた。

武蔵はあばら骨が折れたのをはっきり感じた。肩を打たれ右手が痺れて太刀を握れない。だが、折れてはいない。

「武蔵、九州へ帰れ、お父上に謝れ！」

両膝をつき動けない醜男の武蔵が泣きそうな顔になった。負けた。

「叩き殺せッ！」

「滅多打ちにしてしまえッ！」

門弟七人が重信を押し包むように襲いかかった。

それを見た与一左衛門が腰の太刀を握り、重信の助太刀に走ろうとして久安に止められた。

「愚か者ッ！」

重信は激しく怒った。

若い武蔵をおだてて食いものにしてきた悪党どもだ。

この無頼漢を重信は許さない。左に走って足首を斬り落とし、右の男の手首を斬り落とした。

二人が「ギャーッ！」と悲鳴を上げて後ろに吹き飛ぶ。

後ろから襲った男の腕を斬り落とし、前から襲ってきた男の膝下から斬り落としていた。秘伝万事抜の剣さばきだ。

「二度と剣は握らせぬ！」

四人を倒した重信の怒りは凄まじい。二人が逃げようと走った。

「その二人を斬れッ！」

久安と与一左衛門が瞬間に走った。

東と西に半町ほど逃げたが、二人とも久安と与一左衛門に斬り倒された。残った一人が呆然と立っている。

「そなたが頭だな！」

「ち、違うッ！」

「問答無用だッ、ターッ！」

重信の乱取備前が太刀を握った男の右手首を斬り落とした。太刀を握ったままボタッと地面に落ちた。

悲鳴と血しぶきをあげて、男が草むらに顔から突っ込んで行った。重信は太刀を鞘に納めると周りを見渡して武蔵を探した。

「林崎殿、大男はそこの雑木林の向こうに行ったようだ……」

「天海僧正さま、門前を汚しましてございます。お許しを願います」

「構わぬよ。あの者たちは近くの村人を困らせておったようだからな。大坂城で死に損なった馬鹿者どもだろう……」

「恐れ入りまする」

「一人だけなぜ斬らなかったのか？」

「先日、僧正さまからご下問のございました武蔵があの男にございます」

「おう、あれが武蔵とは、偉丈夫だな。これ、寺から人を呼んできて、手当てをして差し上げなさい。悪党でも仏さまは救ってくださる……」

「はい、大僧正さま！」

小僧が走って行った。

「将軍さまの剣術指南などあのような殺人剣では無理にございます」

「そうだな。柳生や富田越後がいうのも納得だ」

「これでもなお、振る舞いを改めなければ、武蔵は必ず誰かに斬られましょう。あの者の思い上がりなど、通じない強い剣客が天下には何人もおります」

「なるほど、これからの武蔵の精進次第ということか？」

「はい、既に手遅れかも知れませんが……」

「うむ、それにしても林崎殿は強いのう。誰だったか神の剣士と言っておった。柳生だったかも知れぬな……」

「恐れ入りまする」

「将軍さまに会ってみないか、天下の剣に相応しいと思うが？」

「恐れ多いことにございます」

重信は辞退した。将軍から仕官の話が出れば断れない。

天下の将軍に断るなど無礼千万、言語道断、僭上《せんしょう》の沙汰である。そんなことはできないし、してはならないことだ。

天海と重信が話をしていると信勝たち四人が寄ってきた。

「高松殿は立会人かな？」

「はい、大僧正さま、お二人をご紹介いたします。高松道場に逗留しております剣士、片山伯耆流居合の片山伯耆守久安さまと、水鷗流居合の三間与一左衛門景延さまにございます」

「初めて御意を得ます」

二人が天海に頭を下げた。

「若いお二人だな……」

「二人とも新しく流派を開きましてございます」

重信がつけたした。

「ほう、それは難儀なことをおやりだ。お城に登ったら将軍さまや柳生殿にお話ししておきましょう。お召しがあるかも知れません。精進なされ……」

「はッ！」

二人の剣客が老僧の言葉に驚きながらまた頭を下げた。

その頃、武蔵は折れているだろうあばら骨を押さえながら、フラフラと武蔵野の深い雑木林の小道を歩いていた。

負けた。武蔵は敗れた。完膚なきまでに。

あの凄まじい殺気はもうない。行く当てもない武蔵は一人になった。

その時、フッと気付いて小道に立ち止まり喜多院の方を見る。

あの殺気は何んだったのだ。

あれは自分自身の放った殺気ではなかったのか、重信はそれを撥ね返しただけではないかと思い当たる。

重信は端から自分を斬る気も、殺す気もなかったのではないか。

そう思うと武蔵は自分の一人芝居だったように思う。

武蔵野の雑木林を渡ってくる風が葉を散らし、ザワザワと武蔵を笑っているように思えた。

「おれは何者なのだ……」

醜男の自我が一気に噴き出した。「おれは何者なのだ……」とつぶやき武蔵が腹を押さえ小道に屈み込んだ。

今にも泣きそうな醜い顔だ。もう仲間も助けられなかった。

「ここで腹を斬るか……」

武蔵は戦いに敗れて絶望的になった。生きていてどうなる。ここで腹を斬れば一気に楽になれる。

完敗して武蔵は混乱していた。

その時、強烈な吐き気に見舞われ、屈んだ武蔵が「ゲーッ！」と血を吐いて、熊笹の中に前のめりに倒れ気を失った。

大量の血を吐き、腹を斬るまでもなく、死んでしまいそうなほどの吐血だ。

その武蔵をあざ笑うように、ザワザワと雑木林が騒いでいる。小仙波ヶ原の風が武蔵を追ってきた。

「うぬごときがあの神の剣に勝てるはずがない」

武蔵にはそう聞こえた。

尾張柳生

人の一生は自分探しの長い旅なのかもしれない。

薄汚い武蔵は重信に敗れ「おれは何者なのだ……」と、これまでの自分を考えるきっかけを掴んだ。だとすればそれは恥じることのない偉大なる敗北だ。

熊笹の中で朽ちればカラスに喰われて数日で髑髏《されこうべ》になる。だが、天は武蔵に苦難の道を生きることを求めた。

夕刻、百姓の親子が通りかかって武蔵を発見したが、あまりの大男で息子と二人だけでは運ぶことができない。

村人が呼ばれ戸板で半里以上も離れた親子の家に運ばれた。

母親と娘がいて死んだように動かない武蔵の看病を始める。親子四人の貧しい百姓だった。

武蔵は百姓家に運ばれてすぐ意識を取り戻した。

鍛えられた武蔵の頑丈な体だが、重信に打たれた左脇腹と右肩が大きくはれ上がって、あばら骨が何本か折れていると思われた。

近くの村から藪といわれる医者がすぐ呼ばれたが「これは喧嘩に負けたのだな。冷しておけば二、三日で痛みが取れる。心配ないわ……」と、大雑把なことをいって戻って行った。

重信は武蔵がどこにいるか探さなかった。

武蔵がしたような愚かな行為は本人が自覚しない限り治らない。

剣士の中にはそれが分からぬままに、愚かな戦いをして命を落とす者が少なくないのだ。

この機会に武蔵も一人になって、よく考えられないようであれば、いずれ誰かの手で殺されかねない。

これまで何人も人を殺したことで、誰かに恨まれていることは考えられる。

重信は数日後、三河屋六助から書状をもらい、片山久安と三間与一左衛門を連れて江戸に出た。

二人は武蔵の仕返しを心配したが、仲間がことごとく斬り捨てられ、その力はもう残っていないと重信は思っている。

人は群れると馬鹿なことを考えがちだ。

真に強い者は決して群れたりはしない。冷静に自分を見つめて行くべき道を見つけている。

それができない者は愚か者だ。

武蔵のような若い者にはよくあることだ。重信はもう少し早く武蔵と会いたかったと思う。

四年前に武蔵が巌流を殺す前だったらよかったと思うが、人がどこで誰と邂逅《かいこう》するかは神のみぞ知る。

人知の及ぶところではない。

その邂逅が人生を決定するほど重要なことがある。

「片山殿は西へ行かれるか？」

「はい、ぼちぼち岩国へまいろうかと思っております。老師に伝授していただいたことを生涯の宝にいたします」

「松庵殿にお会いしたいが、よしなにお伝え願います」

「はい！」

「三間殿は北へまいるのかな？」

「はッ、一旦、この廻国修行に区切りをつけて秋田に戻ります。お師匠さまは出羽へ？」

「うむ、しばらく江戸にいてから旅に出るつもりだ。あちこちに会いたい人がいるのでな……」

　重信は最後の旅を考えている。

　三人は川越街道から板橋宿に出て本郷台の木鶏庵にきた。

「老師、お呼び立てして申し訳ございません……」

「いや、構いません。兵庫助《ひょうごのすけ》殿が？」

「はい、尾張藩から老師の所在はと問い合わせがあったと、日本橋の八兵衛から知らせがございましたので、すぐ、お知らせした次第でございます。明朝、ここへお見えになられます」

「そうですか……」

　重信はお道が亡くなってから兵庫助とは会っていない。

　柳生兵庫助は家康に認められ、尾張徳川義直の剣術師範として、柳生宗矩の江戸柳生に対し尾張柳生と呼ばれるようになる。

　兵庫助は柳生石舟斎に可愛がられ、柳生一族で最も強い剣士と言われた。

　重信は六助に与一左衛門を紹介。久安のことは天海の供で一緒に駿府へ行っておりよく知っている。

「老師、兵庫助殿とは柳生の？」

久安が聞いた。

「うむ、尾張徳川さまに仕官なさったようだ」

柳生兵庫助はお道を亡くしてから、石田《いしだ》三成《みつなり》の家臣だった島左近《しまさこん》の娘お珠《たま》を妻に迎え廻国修行を続けていた。兵庫助は石舟斎の嫡男厳勝《よしかつ》の次男で、柳生家の正統な後継者である。

剣の筋が良く石舟斎に育てられた。

父親の厳勝が大和の戦で大怪我をして剣を使えなくなったからだ。

石舟斎が亡くなると、柳生宗家の二千石を相続したのは、嫡男で体の不自由な厳勝である。

その父厳勝の所領五百石を兵庫助が受け継ぎ、そのため廻国修行は弟子を二十人以上連れた豪勢なものになった。

所領を持っているということは修行の旅が楽だということだ。

この前年、元和元年に尾張藩の家老成瀬正虎が、尾張徳川家の剣術師範として兵庫助を家康に推挙したのである。

家康は召し出して直に兵庫助と会って人柄を見た。

実は若い頃、兵庫助は九州の加藤清正《かとうきよまさ》に仕官したのだが、短気で清正の家臣を斬り、一年もしないで加藤家を退散したことがある。

その苦労の中で正室お道を亡くした。

兵庫助は家康に剣術師範は引き受けるが、江戸の叔父宗矩のように、諸役を命じられることはお許し願いたいと申し出た。

それを家康が承知して五百石での仕官を許す。この時、兵庫助は三十七歳だった。ちょうど一年前のことだ。

猛烈に強い柳生兵庫助は、上泉伊勢守《いせのかみ》の新陰流では石舟斎に続いて三代目である。柳生新陰流では石舟斎が流祖で兵庫助が二代目となる。

翌朝、その兵庫助が二人の家臣を連れて木鶏庵に現れた。

「お義父上、お久しゅうございます。ご無沙汰いたしております」

眼光鋭く隙のない振る舞いで、両手をついて重信に頭を下げた。相変わらず気迫が五体から伝わってくる剣客だ。

「お元気そうで何より、尾張さまにご仕官と聞いておりました」

「はい、義直さまは十七歳にございますので、ちょうどよろしいころかと思っております」

「なるほど、尾張は六十二万石とか？」

「そのように聞いております」

「家臣も多く指南のし甲斐があるものと思うが？」

「なかなか多彩な顔ぶれで、一筋縄ではいかない者もおるようです」

滅多に笑わない兵庫助が、久しぶりに重信と会って気持ちが和んだのかニッと微笑んだ。

実は一筋縄で行かない張本人が藩主の義直なのだ。

若いのになかなかに強情な殿さまだった。

この翌年七月十九日に十八歳で権中納言に昇進するが、何が気に入らないのか、翌二十日には辞任してしまう。若いのに頑固者で、三代将軍家光とも時々衝突するようになる。

学問を好み兵庫助から剣も学んだ文武両道の義直だった。

病弱な家光が病に倒れると江戸の守護と言って、大軍を率いて江戸に入り幕府を慌てさせる傍若無人さである。

将軍家光とは四歳しか年が離れていない叔父であった。

そんな義直だが剣には熱心で、やがて、兵庫助は上泉伊勢守の新陰流を義直に相伝して四代目とする。

「兵庫助殿、こちらは片山伯耆流居合の片山殿と水鷗流居合の三間殿です」

二人が頭を下げた。

「お二人のお名前は存じ上げております。柳生利厳《としよし》です」

「柳生さまにはぜひお会いしたいと思っておりました……」

久安が頭を下げた。

「お会いできるとはうれしい限りです」

与一左衛門がいい、同じ年格好の三人は話が合いそうだ。

大藩である尾張徳川家の剣術師範でありながら、兵庫助には決して高ぶるところがない。

幼い頃から石舟斎に剣の筋を見出され、柳生宗家の後継として大切に育てられてきた。石舟斎が心配したほど短気だったが、人に無礼な態度をとるような下品な男ではなかった。

剣に絶対の自信を持つ兵庫助は礼節をわきまえている。

それでいて実に強い。

家康はそれを見抜いて尾張六十二万石の剣術師範と、九男徳川義直の教育を任せたのだ。

やがて尾張柳生は江戸柳生より強いと言われるようになる。

兵庫助の継室お珠が産んだ三人の男子は剣士としてそれぞれに強かったが、長男新左衛門清厳は任去斎といい、肥前島原に乱が起きた時、十文字槍を振るって戦うが武運なく戦死する。

次男の正厳こと利方は如流斎といい、家光が病で倒れた時、三男厳包《よしかね》こと連也斎と兄弟で江戸城の家光の前において二日間の武芸を披露する。

家光は兄弟の剣技に大いに満足し上機嫌で「古今無類！」と称賛した。尾張柳生は強かった。

重信と兵庫助に久安と与一左衛門が加わって話が弾んだ。

六助が四人に茶を振る舞うなど、昼過ぎまで木鶏庵にいて兵庫助が江戸に戻って行った。

重信は数日前に戦った武蔵のことは話題にしなかった。

翌朝、まだ暗いうちに片山伯耆守は西へ向かい、三間与一左衛門は北へと旅立って行った。

重信と六助は門前に立って二人を見送った。

神夢想流の居合が天下の隅々まで広がることを重信は確信している。良き弟子たちが続々と育っているからだ。

「柳生さまも片山さまも三間さまも行ってしまわれましたな……」

「さて、わしは川越に戻って冬ごもりをします」

「老師、今年の正月は江戸で過ごしませんか？」

「正月を江戸で……」

「たまには江戸の大つごもりもよろしいのではありませんか？」

「そうですな……」

「師走というほどですから逆にのんびりしても、神さまに叱られることもないでしょう」

「なるほど、そうしますか……」

「正月というものは、冥土の旅の一里塚めでたくもありめでたくもなし、だそうでございますよ」

「一休宗純さまですか、確かに……」

物知りの六助が遥かに遠い、応仁の乱の頃の一休さんの歌を披露した。

その一刻後、二人の剣客を送り出した重信と六助はお吉を連れて木鶏庵を出た。

一両は何朱か

徳川家康が江戸に幕府を開いて十四年が過ぎる。

前年の五月に大坂城を焼き払い、豊臣秀頼を自害に追い込んだ。

それは、自分が生きているうちに何がなんでも豊臣家を滅ぼすという家康の最後の野望だった。

それを実現した家康は一年を待たずに今年の四月に駿府城で亡くなった。七十五年間生き、幸運に恵まれた生涯だった。

信長がいて秀吉がいたから家康に廻ってきた天下である。

吝嗇家の家康が残したものは黄金六百五十万枚、慶長小判で六千五百万両という莫大な遺産金と、幕府を三百年から五百年の間、存続させるという夢のような大きな野望だ。

家康の黄金がいかに凄まじいかは、三代将軍家光が日光東照宮を造営し、「百万両とは安く出来上がったものだ……」と、漏らしたということからもうかがえる。恐ろしくなるような話だ。

その家光はひどい浪費家で六千五百万両の粗方を使ってしまう。

七代将軍家継が享保元年（一七一六）に八歳で早世する頃には、江戸城の金蔵は空で黄金は底を尽いていたという。

むしろ、幕府はひどい財政難に陥っていた。

家康が元和二年（一六一六）に亡くなってちょうど百年である。

とはいえ、豊臣家は秀吉が残した黄金七十万枚、七百万両をわずか十七年で、二十万両ほどにまで減少させたことを考えれば妥当であろう。

三代将軍家光も相当に大盤振る舞いをしたが、女嫌いの家光のために、春日局が江戸城の大奥に二、三千人もの女たちを集め綺羅を飾ったのだから、黄金が消えるのは当然と言えば至極当然である。

家光の死後四十四年の元禄八年（一六九五）八月には、早くも小判の改鋳を始めている。

この元禄の小判改鋳で幕府は五百万両の出目で大いに得をした。以後はなにかあるとすぐ小判を改鋳する悪い癖がついてしまう。

改鋳をするごとに小判は粗悪なものとなる。

慶長小判と最後の改鋳小判の万延小判では、重さが六分の一で金の含有量は九割減という。

最早、小判とはいいがたいような粗悪小判であった。

徳川宗家が七代百年で断絶したため、八代将軍として御三家の紀州《きしゅう》徳川家から吉《よし》宗《むね》が迎えられた。

吉宗は享保の改革を断行し、自ら木綿の着物を着るなど、貧乏たらしい節約を奨励し、小判も改鋳して黄金の含有が少ない小判にするなど苦しむ。

その原因は金銀の産出が極端に少なくなったからである。

米本位制も行き詰まっていた。

幕府は苦しみながらも、なお幕末まで二百六十四年間も政権は続くことになる。

だが家康が没したこの頃はまだ幕府は裕福だった。

重信と六助とお吉の三人は、賑やかな日本橋の三河屋に昼前に着いた。

本郷台の木鶏庵からあまり遠出をしないお吉が、江戸に出てくると無闇に生き生きと嬉しそうだ。

お吉だけでなく女は得てして江戸が好きなようだ。

近頃は六助も八兵衛にうるさく言わなくなり、仕事のことはすっかり任せっきりになっている。

七恵と好き合って一緒になった七兵衛も、武家気分がなくなり腰の低い商人が板についてきた。七恵が産んだ子どもは市兵衛と吉兵衛の二人の男の子で、七恵と母親のお里《さと》は天手古舞だ。

お小夜も毎日、子どもたちの騒ぎに巻き込まれている。

七恵、お里、お小夜の三人は、二人の子どもに振り回され、夕餉《ゆうげ》の時にはクタクタになっている。

元気のいいこと奔馬の如し。

ことに次男の吉兵衛は奔馬を通り越して暴れ馬だ。

そこにお志乃が産んだ、斜向かいの近江屋の男女三人が加わると、庭に閉じ込めてももはや戦争だ。

　手の施しようがない有り様になる。

　八兵衛は七恵しかいなかったので、男の子がよほどうれしいと見えて「そのうち、おとなしくなるわ……」と放置している。

「本郷のお爺は、もうすぐ正月だから来たのか？」

「そうだ。二人ともそこに座れ！」

　六助は二人の曽孫には厳しい。

　二人は六助を本郷の鬼爺と呼ぶのだ。

　六助の聞いたことに答えられないと、蔵に放り込まれ小判とにらめっこをさせられる。

　泣こうが叫ぼうが半日は蔵から出してもらえない。

　武家になるのではなく商人になるのだ、というのが六助の口癖だ。七恵を溺愛したのとはまるで違う。

「市兵衛、慶長小判一両は何分だ？」

「はい、四分です！」

「吉兵衛、慶長小判一両は二分金で何枚だ？」

「二、二分金だと……」

「指を使うな。頭で考えろ！」

「二……」

「市兵衛、黙れッ！」

「あの、二枚です……」

「そうだ。吉兵衛、それでは慶長小判一両は何朱《しゅ》だ？」

「はい、一両は十朱です！」

「馬鹿者ッ、違う。両替屋が銭の勘定ができないでどうする。分かるまで蔵に入るか？」

「嫌だもの！」

「嫌でも、遊んでばかりいる馬鹿者は蔵の中で小判に教えてもらえッ！」

吉兵衛は口を結び食いしばって泣くのを我慢している。曽祖父六助と曽孫吉兵衛のにらみ合いだ。

その周りに重信、お吉、お里、七恵、お小夜が座って見ている。

鬼爺と子どもの問答だ。

「お爺……」

「何んだ！」

「一両は十六朱です……」

市兵衛が助け舟のように答えた。それを六助がジロッとにらんだ。

「そうだ。十六朱だ。吉兵衛、分かったか？」

「うん……」

「商人の返事はうんではない」

「はい！」

「もう一つ、吉兵衛に聞くが、銀一貫目は何匁《もんめ》だ？」

「一貫目は百じゃなくて……」

六助の顔を見て反応を窺い、市兵衛を見たり、七恵に助けてくれという顔をする。

「吉兵衛、キョロキョロするな！」

叱られると強気の吉兵衛が覚悟を決めて「千匁だ！」と叫んだ。

「そうだ。一貫目は千匁だ。では、小判一両は銭になると何文で何疋《ぴき》か？」

「それは、疋だと……」

吉兵衛が混乱してわからない。兄を見て助けを求める。

「もん、ひき、ひゃくひき……」

市兵衛が口を横に広げて一分が百疋だと教えようとする。

「難しいか。市兵衛、慶長小判一両には金がどれだけ入っている？」

「はい、金は四匁七分六厘です」

「よし、そうだ。忘れるな。遊んでいいぞ……」

「吉兵衛は？」

「駄目だ。答えられなければ、遊び過ぎているのだから蔵に入れる」

「お爺、一人じゃ可哀そうだもの……」

「いいか、市兵衛、両替屋はお客さまに一文でも間違えば、可哀そうでは済まなくなるのだぞ。人はみな一文を大切に生きているのだ。分かるか？」

「はい……」

「行け！」

市兵衛が出て行くと六助と吉兵衛がまたにらみ合いになった。

「答えられないのだな？」

吉兵衛は黙って六助をにらんでいる。

「一刻、蔵に入って考えろ！」

六助が席を立つと、あきらめた吉兵衛がうなだれて六助についていき、蔵の扉を開けると自ら中に入った。

「吉兵衛、これが慶長小判だ。分かるな？」

「はい……」

「この黄金の小判を命より大切だという馬鹿者がいる。小判は心のない黄金に過ぎないのだ。この黄金に心を奪われてはならぬぞ。お前がこの小判をどう使うかで人を殺すこともあれば、人を助けることもある。黄金は人の心を狂わせる魔物だ。その頭で考えて、よくよく考えてから使うことだ。爺はもう長くは生きられない。今、教えたことを決して忘れるな……」

「お爺……」

吉兵衛がポロポロと泣き出した。

「一刻で出してやる。この小判を見て良く考えろ……」

吉兵衛の前の床に慶長小判を一枚置いて蔵から出た。六助がいなくなると、市兵衛がお志乃の子三人を連れて蔵の前に現れた。

「吉兵衛、一両は四千文で四百疋だぞ……」

「うん、分かった……」

「いつまで入れられた？」

「一刻でいいって……」

「そうか、一刻か、短いな？」

「うん……」

仲間が蔵の外に四人もいては考えるどころではない。

引き戸の隙間に口を当てて話すのが楽しい。

いつもは市兵衛と吉兵衛の二人だったり、五人まとめて蔵に入れられたり大騒ぎになる。

吉兵衛一人というのは珍しい。

ところが六助が一刻を忘れて気付いた時には夕刻になっていた。蔵の前に子どもたちが集まって騒いでいるのにお小夜が気づいた。

「おう、吉兵衛、頑張ったな……」

とぼけた六助に吉兵衛が助け出された。

「お爺、ずるいよ！」

「そう怒るな。今度は半刻にまけてやるからな？」

「もう蔵に入るのは嫌だよ」

「そうはいかないぞ。両替屋に蔵はつきものだからな……」

六助と吉兵衛の禅問答だ。

子どもたちが増えて賑やかで元気のいい三河屋だ。六助が日本橋に来るのも張り合いがある。

その頃、武蔵は川越に近い五十軒ほどの小さな村にいた。

武蔵は傷ついた体と誰もいない孤独に気づいた心を癒している。

薄汚く獣のような臭いを放っていた武蔵は、小奇麗になり髪も百姓の妻がすいてくれる。

人は身なりが整うと気持ちも違ってくる。

武蔵はまだ木刀を握れなかったが、強靭な体は順調に回復へ向かっていた。

娘とその弟の肩を借りて、百姓家の周りを歩いたり、半里ほども出歩けるまでになった。

だが咳をすると折れたあばらが痛んだ。

滅多に人の通らない武蔵野の雑木林で、二、三日も放置されたら武蔵は確実に死んでいた。

武蔵は強運だった。

天に苦難の道を歩めと命じられたのである。それは武蔵には生き直せといっているように思えた。

そんな感覚をこれまで武蔵は感じたことがない。

重信に斬られて、自分は強くないと初めて思った。大切な気づきだ。

我武者羅《がむしゃら》に戦い挑み敵を打ち殺してきた武蔵には、考えられないような大きな進歩である。

二日、三日と武蔵野を歩きながら武蔵は考えた。

心配そうな顔で百姓の娘お近《ちか》が二、三間後ろをついてくる。まだ十二歳の可愛らしい娘だ。

「わしなら心配ない。この通り元気になった……」

「うん……」

小道に立ち止まってうなずくが家に戻ろうとしないし、二、三間の間合いを詰めようともしない。

武蔵が歩けば歩き、止まれば道端に立っている。

「寒くないか？」

「うん、大丈夫……」

武蔵野の雑木林はいつの間にかすべて葉を落とし、梢をザワザワと冬の風が渡っていった。

道には何枚もの落ち葉が吹き転がっている。

「もう冬だな？」

「うん、もうすぐ正月……」

「お参りに行くのか？」

「うん、この辺りの人はみんな喜多院か中院……」

「そうか、喜多院か……」

武蔵が重信と戦って完敗したのが喜多院の門前だ。武蔵が女とこんなに話をしたのは幼い時以来だ。

優しいお近といると武蔵の気持ちが和んだ。

お近は武蔵に「どうしてそんなに大きいの？」と聞きたそうな顔で見ている。お近はクリッとした目で良く動き回る小さな雀のような娘だ。

武蔵は雑木林の道を七、八町ほど歩いて一回りすると百姓家に戻ってきた。

お近の弟が風呂を沸かしていて、「お侍、先に風呂へ入ってくんな……」と伝法に言う。

「親父殿は？」

「川越に行ったから帰りは遅いよ」

「そうか、一緒に入るか？」

「いいのか？」

武蔵は親切で優しい百姓の親子に助けられ、百姓の妻に頭髪をすいてもらい、小奇麗な着物を着て気持ちが変わった。

風呂に入らない武蔵は、獣のような臭い体を兵法の一つだと、馬鹿なことを豪語してきた。

だが、あの薄汚い異臭のする武蔵はもういなかった。

人は変われるから人なのかも知れない。鬼にもなれば菩薩にもなる。それが人間なのだ。

「おれは何をしていたのだ……」

武蔵は戦いに敗れ、自分の在り様に気づいた。重信の一撃によって、不安で頼りない孤独と絶望の中に叩き落とされた。

その絶望の淵にいるからだろう、百姓の親子に看病され、武蔵は初めて人の優しさに触れた気がしている。

武蔵の雀

師走の江戸は風が強く、今にも雪が降り出しそうな日が続いた。

その上、師走の三河屋は正月を越すための客で店先がごった返しているが、そんなことはお構いなしの重信と六助は、あちこちへ神社仏閣巡りで忙しい。

この頃はまだ正月の元朝参りの風習はなかった。

大江戸は寝正月が常で初詣は明治になってからである。

お吉はさすがに二人の供というわけにいかず、三河屋に残って、七恵が働けない分

奥向きをお里、お小夜と一緒に頑張っている。

二人のわがまま勝手な老人は朝からサッサと出かけていく。元気のいい年寄りだ。

「大御所さまが亡くなられて幕府もこれからでしょう。二代さまをお支えする陣容はでき上がっていましょうから……」

「やはり、心配は西国？」

「そうです。西国には外様の大大名が多いですから……」

この後、江戸幕府は大名家に不始末があると、容赦なく取り潰すという厳しい政策をとった。

それによって外様大名が次々と消えていくことになる。

加藤家も最上家も福島家も改易されることになるが、一大名が取り潰されると大量の浪人が出る。

再仕官するのは難しく、高名であったり、他藩に縁故があるなど幸運な者でなければ、多くは浪人となり、生きるために江戸や大坂などに集まってきた。

武家から農民や商人や職人になるのは難しいが、やがて、親が浪人すると子も浪人するということになった。

石高が決まっている以上、大名家でも家臣を増やすことは難しい。

武蔵は川越から戻った百姓の男と、深刻な顔で炉端に座っている。他の三人は寝てしまって百姓家は静かだ。

「川越の城下ではお城の家臣たちが、新免武蔵というお侍を探しているということだった。もう逃げてしまっただろうといってもいるそうだが……」

男は炉端にいるのが武蔵だとわかっている。

あんな人の通らない雑木林の中に、倒れていたのだから訳ありの浪人だと思っていた。

「その武蔵というお侍は果し合いをしたのだそうだ」

「武蔵というのはおれのことだ……」

囲炉裏の火を見ながらつぶやくようにいう。

「やはりそうでしたか、ここから逃げてください。捕まると何をされるかわかりません……」

武蔵はなぜ八対一の果し合いをしたのか尋問されるとわかっている。

それには答えようがない。それは巌流の時もそうで、卑怯な果し合いは今回だけではないからだ。

「ここからは江戸でも、八王子でも、一ノ宮でも、どこへでも出られます」

小さく武蔵がうなずいた。

「体をよく治して……」

「かたじけない……」

　翌日から武蔵は外に出なくなった。

「筆と墨、少し大き目の紙はないだろうか？」

　間もなく年が明けるある日、武蔵はそうお近に聞いた。

　お近は武蔵が書状でも書くのだろうと思ったが、字の読み書きができない一家にそんなものは必要としない。

「うちにはないから、名主さまの家から借りてきます」

　お近が家を飛び出すと走って行った。しばらくすると筆と硯と墨と紙の包みを抱えて戻ってきた。

「大き目の紙と言ってもこんなのしかないって……」

　武蔵が巻紙を開くと幅一尺に長さ三尺ほどの紙と、その中に同じ幅で二尺四、五寸の障子紙のような巻紙があった。

「充分だ。墨を磨ってくれるか？」

「うん……」

　武蔵は炉端に二枚の紙を並べておいた。

　描きなれた筆さばきで、葦に止まる雀の絵を描いた。

　二枚とも同じ絵で武蔵の好きな構図だ。幼い時から絵を描くのが好きで描きなれた図柄である。

「一羽だけ？」

「うむ……」

「仲間はいないの？」

「いない……」

「寂しい雀、この雀飛べないみたい……」

お近が絵を覗き込んでつぶやいた。

「寂しいか……」

「あと二羽、ここと、この辺りに描けば楽しそうなのに？」

「この絵はこれでいい。大きい方は名主殿へ筆と墨の礼に、小さい方は親父殿にこれと一緒に渡してくれるように……」

武蔵は小判一両を包んだ紙包みをお近に渡した。

そのお近が筆と墨を返しに行くと武蔵は旅支度をして百姓家を出た。そのまま川越城下から姿を消した。

大晦日の夜から雪が降り出し、年が明けると江戸は真っ白な世界に変わった。

珍しく重信は日本橋の三河屋で賑やかな正月を迎えている。暮れの三河屋は天地をひっくり返したような忙しさだった。それが一夜明けるとあの喧騒が嘘だったかのように静かだ。

元朝から寝正月で通りの雪を払う店もない。通りは静かだが家の中は市兵衛と吉兵衛が大騒ぎだ。

世の中が平穏になってきた証拠でもある。

家康が大坂城を潰し、秀頼を自害させて亡くなったことで、大きな騒ぎの芽は完全に摘み取られている。

もし、大坂城を残したままであれば、秀忠も幕府の重臣も枕を高くしては眠れないところだ。

それは大名も庶民もわかっている。

元和三年（一六一七）の正月はかつてない静かで穏やかな正月になった。だが、江戸城は忙しい日々を迎えていた。

江戸幕府はまだ安定しているとは決していえない。

家康がなくなると将軍秀忠は側近の酒井忠世《ただよ》、土井利勝などを老中に起用して新しい幕府の体制にする。

将軍秀忠は凡庸な男ではなかった。

幕府の権威を確固たるものにするため家康の遺志を引き継いだ。

将軍として容赦なく、安芸広島の福島家を改易、肥後《ひご》熊本の加藤家の騒動に介入するなど、外様大名を積極的に取り潰した。

兄弟の九男義直を尾張に、十男頼宣《よりのぶ》を紀伊《きい》に、十一男頼房《よりふさ》を水戸《みと》に配置する。

朝廷をも締め付けて勝手な動きを封じ、娘の五女源和子《まさこ》を後水尾天皇の中宮に入内させるなど幕府の力を見せつけた。

その和子中宮の産んだ興子《おきこ》内親王が明正《めいしょう》天皇になる。

国外との交易はキリスト教を警戒して、管理や統制がし易いように長崎、平戸に限定し鎖国へと踏み出す。

家康の側近として力を振るった本多正純は、宇都宮城釣り天井事件を起こして改易になる。

譜代の家臣であっても二代目将軍として容赦ない処断を行う。

次々と大名家が取り潰され、それでなくても大坂の陣で溢れた浪人が増えて、江戸に雪崩れ込んでくる。

年が明けて秀忠は三十九歳になった。

その後継は家康が決めた次男家光十四歳で、三男の忠長《ただなが》十二歳には甲斐二十三万石を与え、後に駿河《するが》、遠江《とおとうみ》を加増して五十五万石にする。

江戸の雪は正月三日には消えたが、人が通りに出始めると踏み壊されて泥田のようになった。

江戸では一年の無病息災を願って一月七日には、セリ、ナズナ、ゴギョウなどの七草粥を食べるが、重信の出羽楯岡ではそのような野菜は揃わない季節で、ゴボウ、ニンジン、納豆、こんにゃく、豆腐、ずいき、油揚げなどの七草汁を食べる。
最上川の流域では握り飯十二個に柳の皮をむいた白箸を刺し、おみ玉として箕《み》に乗せて飾ってからその握り飯を崩し、野菜、昆布、干し柿、栗などと煮込んで七草粥と呼んで食す。

三河屋では尾張、三河風の七草粥で餅が入っていた。

それを馳走になり、重信と六助、お吉の三人が日本橋から本郷台の木鶏庵に戻ってきた。

「老師、急ぐ用向きでもなければ、何日でもお泊りください……」

「是非、そうなさいまし……」

六助とお吉に勧められ重信は木鶏庵に逗留することにした。

「お蔭さまでずいぶんとのんびりした良い正月になりました。お言葉に甘えさせていただきましょうか……」

「それがいい、それがいい。この寒いのに、騒いで歩くこともありますまいて……」

六助は重信がいなくなって寂しくなるのが嫌なのだ。

「早速、何か作りましょう」

お吉が婆さんと台所に立った。

酒を飲まない重信と六助の生活ぶりは質素だ。

「そう言えば、昨年、加賀の前田さまが道の向う側を、将軍さまから拝領なさったそうでございます」

「中山道の東側を？」

「そうです。大久保《おおくぼ》忠隣《ただちか》さまの屋敷がありましたが、失脚なさってからは誰も使っておりませんでしたから……」

「根津《ねづ》権現《ごんげん》の辺りまでだと相当に広い森でしょう？」

「何万坪になりますか……」

加賀前田家がこの本郷に上屋敷十万三千坪、板橋に下屋敷二十二万坪を構えることになる。

数千人の大行列で移動する前田家は、その家臣を収容する屋敷や長屋が必要だ。

慶長十年に和田倉《わだくら》門外に七千五百坪の屋敷地を拝領したが、そんな小さな屋敷はすぐ手狭になった。

そのため大坂の陣の後に本郷に屋敷地を拝領したのだ。

広大な本郷の森を造成するのは結構大変でまだ手付かずのままである。

加賀前田家の参勤は金沢から江戸まで百二十里、十二、三泊の行程でその行列の人数はほぼ四千人である。

この参勤は鎌倉幕府に御家人が三年に一度出仕したことに始まる。

室町期にも大名の参勤は行われた。

織田信長は安土《あづち》城下に臣従する大名に屋敷を与えた。

秀吉は大坂城下や伏見城下に、大名屋敷を集めてその妻子を人質として住むようにさせる。

幕府はやがて二年に一度の参勤交代を命じ、妻子を江戸に住まわせるよう命ずる。

全国の大名二百五十余人を交代で江戸に参勤させるが、その決まりは厳しく参勤の期日や行列の人数などを細かく決めた。

十万石の大名は騎馬十騎、足軽八十人に中間人足が百五十人である。

百万石の加賀前田家の行列は大人数で、その費用は四千両とも五千両ともいう莫大なものだった。

金沢から江戸までの川は何十本もあり、その渡河費用だけでも大変である。

渡河の手間賃は河によって違っていた。

例えば富士川は二十四文（ほぼ五百円）、安倍川は肩車専門で六十四文、大井川《おおいがわ》は蓮台で二百四十文、信濃犀川は四十七文、馬は百二十文などだった。

これで八十ヶ所も渡河するのだから厄介だ。小判が飛ぶように消える。

前田家の場合は行軍と同じで何でも持って歩いた。

槍、鉄砲、弓、日傘、鷹、茶道具、着替え衣装、椅子、弁当、道具箱、風呂桶まで持ち歩いた。

大名行列は掛け声まで決まっていて「下にーッ！、下にッ！」というのは御三家だけで、大名は「片寄れーッ！、片寄れッ！」とか「寄れーッ！、寄れッ！」というのが常だった。

前田家の大人数の行列を収容し、一年間も生活するには、巨大な屋敷が必要になった。

やがて本郷台の前田家の上屋敷は、十万坪に町が一つできたようになる。

風千代丸

重信には珍しく暢気《のんき》な正月になった。

日本橋と本郷で数ヶ月を過ごす。

年が明けて重信は七十六歳になった。重信と六助は根津権現にお参りに行っただけで、することがないから毎日、木鶏庵で茶を飲んで過ごす。

「茶を飲むと小便が近くなって困る……」

そんなことを言いながら六助が重信に茶を勧める。そんな暇な老人二人をお吉が二コニコと見ていた。

そんな時、前触れもなく、前田家の剣術師範の富田越後守が木鶏庵に顔を出した。

その名人越後も隠居して五十四歳だが、大坂の陣では十九人斬りをするなど富田流、中条《ちゅうじょう》流の名人は健在だと人々をびっくりさせた。

富田越後守は昨年の秋から久しぶりに江戸に来ていた。

前田家から一万三千六百七十石をもらった剣豪は、隠居しても剣では多くの人の信頼を集めている。

この正月、前田利常と江戸城に登城した時、天海と柳生宗矩と会って重信と武蔵の果し合いを聞いた。

越後守は和田倉門外の前田屋敷から日本橋の三河屋に問い合わせをして、重信が本郷の木鶏庵にいることを知って会いにきたのだ。

「まずは茶など差し上げましょう」

六助が二人の剣客を茶室に招いた。重信は越後守が武蔵のことで会いに来たのだとわかっている。

二人に茶を振る舞って六助は「どうぞ、ごゆっくり……」と席を外した。

「江戸城で天海さまとお会い致しまして……」

越後守が切り出した。

「武蔵のことをお聞きになりましたか？」

「はい、川越の喜多院の門前でと……」

「そうです。武蔵と仲間七人でした。七人は手足などを斬り捨てましたが、武蔵は無二斎殿とのこともあり峰打ちにしました。誰もが斬り捨てるべきとお考えでしょう。次は斬り捨てます」

「そういうことであれば、承知いたしました」

「おそらく、考えを改めなければ、武蔵はどこかで倒されましょう。天下には優れた剣客が数多《あまた》おります」

「なるほど、その武蔵が将軍家の師範を望んでいたとのこと、ご存じでしょうか？」

「はい、聞いておりましたが、無理な話だと思っておりました。幕府にも武蔵の振る舞いは伝わっておりましょう……」

「あの者が大名家に仕官しようとしても前田家が承知しません」

　重信と越後守は以前にも同じことを話し合っている。武蔵に対する考えが変わっていないことを越後守は再び明確にした。

　武蔵が巌流小次郎を騙し討ちにしたことで、巌流の弟子だけでなく中条流に連なる富田流や、一刀流などから卑怯者として武蔵は恨まれている。

　その武蔵が江戸に出てきて将軍家に指南したいというが、こうなってはいかんともしがたい。

特に加賀前田家には名人越後こと富田越後守重政がいる。越後守は巌流とは兄弟弟子だから武蔵と出会えば斬り捨てるつもりだ。

武蔵は流派の人のつながりをまったく知らない。

重信が武蔵に、そなたのいる場所はないと、警告したのはこういうことなのだ。

大名家が武蔵を仕官させると、加賀の前田家ににらまれることになる。

そういうことを考えず武蔵は巌流を卑怯にも撲殺した。

泰平になって、あえて加賀百万石の前田家と、喧嘩をするような大名はいないと重信は思う。

世に出たいと焦った武蔵の身から出た錆である。

「武蔵は剣士として、愚かなことをしたのですから、仕官など望むべくもないかと思います」

前田家の許しがないと武蔵はどこにも仕官できないと同じだ。

「武蔵が今後行いを改めたとしても、仕官の道はもはや開かれますまい」

越後守がそういったのは、幕府には柳生宗矩という柳生新陰流活人剣の剣客と小野派一刀流の小野忠明がいるからだ。武蔵のような殺人剣を最も嫌う男たちで、武蔵の殺人剣など断じて将軍に伝えることなどない。

武蔵が後悔して済むようなことではないのだ。卑怯者の烙印はもう消えない。

そのことを越後守は再度重信に念押しした。

宗矩はやがて幕府初代の惣目付になり、大目付ともいい、老中や諸大名を監察することになる。武蔵はこの柳生宗矩の監視下に置かれたに等しい。武蔵の後半生は越後守と宗矩に監視されることになる。

武蔵は宗矩が七十六歳で亡くなる前年に六十二歳で死去する。つまり宗矩は武蔵を生涯許すことはなく、武蔵は卑怯者の烙印を背負ったままである。

その時、武蔵は肥後熊本細川家の客分でしかなかった。

こういうことになってしまうのだ。

大男の武蔵が暴れまわった代償はあまりにも大きかった。

宗矩と武蔵は、亡くなる前のほぼ同じ年齢の頃に、宗矩が兵法家伝書を著し、武蔵が五輪書《ごりんのしょ》を書いた。大きな才能を持ちながら武蔵は五輪書を残すしかなかった。

この二書は剣術において大切な書となる。

世の中はおもしろいもので、有名になったのは宗矩の家伝書ではなく、武蔵が行いを正当化した五輪書だから皮肉だ。

茶室での重信と越後守の話し合いは、武蔵にとって厳しいものになった。

武蔵が世に出る道は塞がれた。巌流を殺された越後守の怒りは、重信でもどうすることができない。

それは越前の富田勢源《せいげん》も同じであろう。

重信は武蔵がいつまでも無謀な決闘を繰り返せば、仕官どころではなくその命さえ失うだろうと考えている。

越後守は武蔵を殺すか、殺さないまでも、どこにも仕官はさせないという兵糧攻めにするだろう。

誰が考えても仕方のないことだ。

武蔵は世に浮かび上がるため、卑怯なこともしたが、結局、その代償はあまりにも大きなものになってしまう。

武蔵は江戸に出て、将軍家の剣術師範を望んだがその夢は破れ、倒せると思った重信に叩きのめされ、弟子であり仲間でもあった七人まで失った。

それでも武蔵はもがきながら、孤独の中から再生のきっかけを摑もうとするが、その道は遥かに遠く絶望的だ。

剣の道は険しい。

だが、武蔵はまだ若かった。西国に戻って九州辺りにいたようだ。

これ以後の武蔵の消息はよくわからないが、吉原遊郭を創設した庄司甚右衛門が青楼年暦考に、武蔵が島原の乱に出陣したと記している。

その島原では城方の投石によって怪我をしたともいう。

重信が武蔵を斬り捨てなかったことが、果たしてよかったのかそれは誰にもわからない。

その越後守が戻って行くと、重信は二月になって木鶏庵を辞した。

重信はかつてない楽しい正月を過ごして、川越の蓮馨寺に一人で戻ってきた。すると待っていたように風千代丸が百姓家に飛び込んできた。

「老師、どこに行っていたんだ？」

いつまでも帰ってこない重信を怒っている。

「江戸だ。正月は江戸にいた」

「そうか、江戸か、江戸じゃしょうがないな……」

大人びたもの言いで炉端に座る。

「老師は強いんだな。喜多院で武蔵とかいう浪人と、その仲間を二十人も斬ったって聞いたよ？」

「そんなには斬っていない。五人だ……」

「五人でも凄《すご》いな！」

「手足を斬っただけだ。剣は本来、人を斬るものではない。あの者たちが新しい生き方をしてくれることを願っている」

「そうか、悪い奴でも殺しては駄目か？」

「人の生き死にを決めるのは神さまと仏さまだけだ。それを忘れるな」

「うん……」

重信が腰から二字国俊《にじくにとし》を鞘ごと抜いた。

「これをお前にやる。銘は二字国俊だ。手入れをするとき以外、抜いてはならぬぞ！」

「もらっていいのか？」

「修行をして、この剣に自分の心を映してみろ……」

「そんなことできるのか？」

「出来る。わしはいつもそうしてきた。お前もそうしろ……」

「うん、わかった。ありがとう！」

風千代丸は重信から脇差をもらって大よろこびだ。

重信はいつの日にか風千代丸が、今言ったことを思い出してくれればいいと思っている。

重信は最後の旅に出ようと考え始めていた。

神と共に生きてきた人生をどう締めくくるのか、重信には剣客として、人として大きな課題が残されている。

やはり最後は出羽楯岡に戻ることを考えていた。

「老師、稽古を頑張るから……」

「うむ、元気にやれ……」

風千代丸が二字国俊を握って帰って行った。

重信は翌日から道場に出て稽古をした。そこに風千代丸が重信からもらった二字国俊を腰に差して現れる。

意気揚々と神夢想流居合の名人風千代丸だ。

「やるか？」

「はい、お願いします！」

二字国俊を鞘ごと抜いて床に置くと木刀を握った。重信は風千代丸だけでなく酒井家の家臣たちにも稽古をつけた。

三月に入った六日に出羽山形城で事件が起きた。

最上義光《よしあき》の後継者最上家親《いえちか》が三十六歳の若さで急死したのである。大坂の陣の時は二度とも江戸城で福島正則と留守居を務めた。

「毒殺か？」

不穏な噂が領内に流れた。

最上一族の松根光広《あきひろ》が、同じ一族の楯岡光直《みつなお》が家親を毒殺したと幕府に訴える有り様で一族の結束がない。

五十七万石の大国であり、東国一、全国でも有数の巨城と三十一町、二千三百軒、三万人の、大きな城下を持ちながら、家臣団にまとまりがなく、義光が亡くなると一族の不仲がたちまち表面化したのだ。

家親が急死すると家親の嫡男義俊《よしとし》十二歳と、家親の弟で山野辺城一万九千三百石の城主、山野辺義忠三十歳の間に家督相続争いが起きる。一族で幼い領主を守り育てようとの結束がまるでなかった。

最上家はこの騒動を幕府に咎められ、五年後に改易になり、義俊は近江大森一万石に没落する。

義俊が亡くなると最上は五千石になり大名ではなく大身旗本になってしまう。

幕府は外様大名に容赦しなかった。その上、寄り合い旗本だから参勤があるという過酷さだ。

その幕府の外様大名取り潰し政策を、敏感に読めなかった最上家の家臣は愚かとしか言いようがない。

ただ、この騒動で義俊と家督を争った山野辺義忠が、後に三代将軍家光から水戸《みと》徳川光圀《みつくに》の教育係を命じられたところを見ると、幕府と何んらかの繋がりがあったものと考えられる。

ちなみに、山野辺家は代々水戸藩の家老職を務めることになった。

この後、出羽山形藩は幾つもの藩に分割され、幕府の重臣たちが次々と領主として入ることになる。

一族の不仲を幕府に利用された可能性は充分に考えられる。

その最上騒動が始まったことを重信は知らなかった。

六月になると重信は従弟の勘兵衛信勝とその子信繁に、最後の廻国修行に出て出羽に戻ることを伝えた。

「楯岡の妙穐尼《みょうしゅうに》さまから、老師はお元気でしょうかと書状をいただきましたので、江戸におられますと、暮れに返事を差し上げました」

「それはかたじけないことです」

「お戻りになられれば、よろこばれることでしょう」

信勝は別れの時だと分かっている。

唯一の一族として長い付き合いだったと思う。

重信は京の鷹ヶ峰の将監《しょうげん》道場と、武蔵一ノ宮の高松道場を拠点に廻国修行を続けてきた。重信は二人に旅へ出ることを告げた数日後、一人で喜多院の天海に会いに行くとすぐ方丈に通された。

「お別れに来られたのかな？」

八十二歳の怪僧は重信の来訪の目的を言い当てた。

「はい、大僧正さまにはご迷惑をおかけいたしました。永のお暇をお許し願います」

「うむ。会えば別れがくるものよ。例の浪人どもは怪我が治るとどこかに行ってしまったようだ。老師の慈悲が通じて生き直してくれるといいが、人は恨みつらみに走りがちでな。己の悪行を改めるのは難しいものだ」

「良い人と出会えればよいのですが……」

「そうだな。人は誰と出会うかが大切でな。朱に交われば赤くなるということじゃ。ところで、西に行かれるか、それとも出羽に戻られるか？」

「まず、西に向かい、出羽へ戻りたいと思います」

「なるほど、西に未練がおありのようだな？」

「恐れ入ります……」

「いや、人は何かと未練のあるものでな。それは良いことです。未練は生きた証なのだから……」

「はい……」

「別れの旅か、拙僧には無理なようだ。比叡山にお伺いしたいが、江戸に行くのがやっとではとても延暦寺まではのう……」

天海が子どものように無邪気な笑顔を見せた。家康以来、徳川将軍家に絶大な信頼のある天台僧だ。

二章　天下一の剣

最後の旅

元和三年七月になって重信は旅支度をすると百姓家を出た。

もう戻ることのない旅だ。

高松家の人たちが揃って見送った。

「勘兵衛殿、長々と世話になったな。感謝……」

「ご無事で出羽にお帰り下さい」

「うむ、風千代、大切なことは日々、繰り返し稽古をすることだぞ……」

「はいッ、老師は戻ってくるんだろ？」

「それは約束できぬな。長い旅になりそうだから……」

風千代丸の腰には重信の二字国俊がある。重信は信勝、信繁、お滝、風千代丸に見送られて蓮馨寺を後にした。

川越街道を江戸に向かう。

いつものように板橋宿に出て、本郷台の木鶏庵に着くと、六助が目ざとく重信の腰に、脇差の二字国俊がないことに気づいた。

「いよいよでございますか？」

「はい、三河屋殿には言葉にできぬご厄介になりました」

「厄介になったのはわしの方で、老師に会えなくなると寂しいことになります」

「お吉殿とお元気でお暮らしください」

「老師も良い旅を……」

六助が重信に茶を振る舞った。

「ところで腰に脇差がありませんが？」

「川越の孫が剣をやるというので譲りました」

「そうですか。少々、お待ちを……」

六助は茶室から出て行くと、刀袋に入った脇差を持って戻ってきた。

「この脇差は旅の時に腰に差していたもので、銘は千子《せんご》村正《むらまさ》です。どうぞ、お使いください……」

「このような大切なものを……」

「ここにあっても、いずれ錆びてしまいます。老師に使っていただければ村正もよろこびましょう。遠慮なくどうぞ……」

「そうですか。では遠慮なくいただくことにいたします」

「どうぞ、中を改めてください」

「それでは……」

重信は刀袋から脇差を出した。

確かに、以前、重信は六助と旅をした時その腰にあったのを見ている。鞘口を切ってゆっくり刀身を確認した。

「長さは一尺八寸二分と聞いています」

「手入れのされた良い脇差です」

長さは二字国俊の一尺八寸五分とほぼ同じ大脇差で使いやすいと思った。

千子村正は家康の祖父清康が、家臣の弥七郎に斬られて陣中死した時の刀であり、家康の父広忠が家臣の八弥に刺された刀も村正だった。家康の嫡男信康《のぶやす》が切腹した時に介錯した刀が村正だ。

それに家康は関ヶ原の戦いの最中、織田有楽斎の槍に触って怪我をしたが、その槍も村正だったということで、徳川家では三代にわたって傷つけられた千子村正を、三代不吉の妖刀として嫌う。

そんな噂から徳川家と戦う者たちは、徳川家の嫌がる村正を好んで腰に差す。

その最初が大坂の陣で、家康を討ち取るあと一歩まで、追い詰めた真田幸村が腰に村正を差していた。幸村の村は村正の村である。

幕末には有栖川宮《ありすがわのみや》や西郷隆盛《さいごうたかもり》を始め、勤皇の志士たちが徳川幕府を倒すという心意気から、次々と村正を腰に差すようになり、品不足で刀剣屋から村正の刀が姿を消すことになる。

「それがしも、ようやく村正を手に入れたよ」

「ほう、それは大手柄だ。高価だったのではないか？」

「うむ、何んといっても千子村正だからな。ちょっと口にできぬ金子よ」

「なるほど、拝ませてくれるか？」

「討幕を誓うか？」

「もちろんだ！」

「おう、見てくれ。凄みのある刀だ。早いとこ二、三人を斬ってみたいわ」

「どれどれ……」

などと人を斬りたがる物騒な志士たちが多かったという。

ちなみに、有楽斎は家康を傷つけた槍をすぐさま破壊し廃棄した。

伊勢桑名《くわな》の刀工千子村正の太刀は凄まじい切れ味で、秀吉をはじめ多くの武将が愛用した。

家康の家臣酒井忠次の猪切《いのししぎり》や、本多平八郎の蜻蛉切も、村正派の刀工が製作した名刀、名槍である。

重信は六助の気持ちを考え、村正の大脇差をもらうことにした。

その日、重信は木鶏庵に泊まり、夜遅くまで六助と話し合った。人生は邂逅と惜別で成り立っている。

生きとし生ける者には必ず別れが待っている。

だからこそ、誰の人生も尊く美しいのだ。

翌朝、お吉の朝餉《あさげ》を馳走になり、重信は腰に千子村正を差して、六助とお吉と一緒に木鶏庵を出た。

三人は根津権現に参拝して日本橋の三河屋に向かった。

三人が着くと三河屋から使いが出て、近江屋から亀三郎《かめさぶろう》とお志乃、三人の子どもが呼ばれる。

夕刻から重信の旅の無事を祈って宴が開かれた。

誰もが永の別れの宴だとわかっている。

六助とお吉、三河屋八兵衛とお里、七兵衛と七恵に子ども二人、三河屋の奉公人など四十人を超える盛大な宴になった。

重信と別れる夕べだ。

お志乃とお小夜がしんみりした顔で座っている。

二人が産まれた時には、すでに強い剣士として時々箱根に現れた。父や母と幻海《げんかい》伯父とお仲《なか》伯母が最も信頼してきた人だ。

翌早朝、重信は見送りの七兵衛と三河屋を出た。

店の前で六助たち三河屋の人たちと、近江屋の亀三郎とお志乃に今生の別れをする。

「老師、西国を回ってから出羽へお帰りに？」

「そのつもりだ……」

重信と七兵衛は話しながら品川宿に向かった。

「お帰りには江戸へお立ち寄りを……」

「うむ、帰りが冬になるようであれば江戸に寄るが、秋であれば冬になる前に出羽に戻ることになろう」

「そうですか……」

重信にもいつ戻れる旅なのか分からない。

どこか途中で倒れるかも知れない旅なのだ。もう七十六歳の重信にはそういう危険がある。

「老師には一方ならぬお世話になりました。生涯、忘却いたしません」

「七恵殿と幸せにな。商人はなかなかに難しい仕事のようだ。油断なくすることだ」

「はい、まだまだ精進しないことには……」

「うむ、その心掛けが大切だな」

二人は話しながら品川宿を過ぎ六郷《ろくごう》橋に向かい、重信は河原で七兵衛と別れて橋を渡った。

七兵衛はいつまでも重信を見送っている。

何度も歩いた東海道を重信は西に向かって、途中の戸塚宿から東海道を離れて鎌倉に行き鶴岡《つるがおか》八幡宮を参拝、江の島を見て相模《さがみ》川を渡り平塚宿で東海道に戻った。

小田原から秋の気配が漂う箱根山を登って竜太郎の家に到着。

竜太郎とお満は仕事で留守だったがお仲と幻海がいた。幻海は病で寝ていたが重信の声を聞くと起きてきて炉端に座る。

「幻海殿、大丈夫か？」

「なに、老師の声を聞けば病など吹っ飛んでいきます」

強がりを言ったが、コホコホと乾いた咳をした。

「西国へ？」

「そのつもりで出てきたのだが。九州までは無理なようだ」

「老師は病もなさらずお元気で……」

「スサノオさまがお守り下さっておるからじゃ」

「なるほど……」

「今夜はここへ泊めていただこうかと、お仲殿、よろしいか？」

「どうぞ、何日でもお泊りください。竜太郎も子どもたちもよろこびます」

お満は三女のお登喜ほか十三人の子を産んだ。

そのお満と竜太郎、長男の竜助《りゅうすけ》が大勢の配下を率いて、三島から箱根峠を越えて夕刻に戻ってきた。相変わらず、お満は元気がいい。

「二、三日泊まれるんでしょ？」

「いや、そうゆっくりもしておれぬ……」

「幻海お爺が会いたい、会いたいと言っておりましたよ。お爺のためにもゆっくりしていってくだせいまし……」

「そうか、江戸のお志乃とお小夜は元気だった。心配しないようにと言っておった。親孝行な娘たちだな」

「お小夜に嫁入りの話があるそうで？」

「そうだ。三河屋の取引先の廻船問屋だと聞いたが、お小夜は美人で今小町といわれて、若旦那たちから引く手あまたのようだ」

「三河屋の旦那さまに迷惑にならないといいんだがね……」

「八兵衛殿に任せておけば心配ない。お小夜もお志乃もいい子だから好かれる。いいことだ」

「母親に似ないでよかった……」

「いや、いや、お満もいい娘だった」

炉端で聞いている幻海が二度、三度とうなずいた。

何んといっても十三人の子を産んで、一人も欠けることなく育っているのだから女豪傑だ。

一人や二人は育たないものだがお満の子たちはみな元気だ。

竜太郎一家は子どもが多いだけでなく、配下の若い衆も二十人以上いて、いつも賑やかな一家なのだ。

炉端に座ってコホコホと空咳をする幻海が心配だが、翌朝、幻海は重信を箱根峠まで見送るのだと言って聞かず、馬を出して幻海が乗り、その傍にお仲と仕事を休んだ次男の竜次《りゅうじ》が従った。

重信が轡《くつわ》を取って三島宿に向かって出立し、竜太郎とお満の荷駄隊は小田原宿に向かって山を下りて行った。

幻海は馬の背で相変わらずコホコホと空咳をした。

重信との別れの時だと幻海にはわかっている。何がなんでも箱根峠までは見送りたい。その箱根峠で馬から下りた幻海に、重信が「長々と世話になりました」と別れの挨拶をする。

もう一度会いたいといって涙もろくなった幻海が泣いた。

二度と会えない別れほど辛いものはない。重信は幻海、お仲、竜次と別れて三島宿に下った。

東海道は海沿いの道のため河口に近く川幅の広い川が多かった。

小さな川は別として大きな川は幕府の江戸防衛のため警戒して架橋はない。

それに橋を架けても春に雪解け水、五月雨、秋の嵐や長雨などで流されてしまう。

大きな川には軍を集結して江戸を守る防衛戦を戦う。

多摩川《たまがわ》、相模川、酒匂《さかわ》川、富士川、安倍川、大井川、天竜川、矢作《やはぎ》川、木曽《きそ》川など大小五十とも七十ともいわれる川がある。

中でも大井川は北の山々が深く、鵜山《うやま》七曲りなど荒れる川で古くから水量が多かった。

駿河と遠江の国境で東西を分ける重要な川でもある。

ことに家康が三河、遠江、駿河、甲斐、信濃などを手放し、秀吉の命令で関東に移封されてからは、浜松城十二万石に堀尾吉晴《ほりおよしはる》や掛川城六万石に山内一豊《やまうちかずとよ》、駿府城十四万石には中村一氏《なかむらかずうじ》が入る。

後に豊臣政権の三中老といわれる秀吉の重臣で家康を封じ込めた。秀吉は家康を京に遠い東国へ追い払うことに成功したのだ。

その秀吉が死に家康が江戸に幕府を開くと情勢は一変する。

東海道の各城には家康の家臣が入り、江戸城を守る体制が整えられることになった。

水量の多い大井川は橋を架けづらく、川幅も広く江戸を守る大外堀との位置づけになった。

大井川の後方である駿府城には大御所家康が住み、京の朝廷と西国の外様大名を見張った。死後は駿府城に近い久能山に京と西国をにらんで埋葬された。

久能山の後方には箱根山があって江戸城の砦の役目を果たすことになる。ことに幕府は大井川と箱根山を重視した。

後に箱根山には厳重な関所を設けて「入り鉄砲に出女」を警戒する。

一方の大井川にはやがて川会所が置かれ、川を挟んで島田宿側と金谷《かなや》宿側に、それぞれ三百五十人ずつの川人足が置かれる。

この川人足は街道の雲助《くもすけ》人足と違い、侍身分の下級役人で厳しく管理された。

大井川の川渡しは江戸幕府の道中奉行の管轄で、毎日、川の水深が測られ早馬で江戸に報告された。

「箱根八里は馬でも越すが、越すに越されぬ大井川」というが、これは川越しが難儀だというだけではない。

享保の頃に川会所が置かれ管理されると、各種の決まりができて川を渡るのに結構な手間賃を取られたからでもある。

米一升四十文に対し、大井川の川渡し料金は、水深股通四十八文、帯下五十二文、帯上六十八文、乳通七十八文、脇通九十四文と水深で決まり、川幅が広がると二文刻みで加算された。

川渡しの方法は肩車越し、蓮台越し、馬越し、棒越しなどがあった。

「今日は川の深さが二尺五寸以上なので肩車越しには助っ人一人がつきますよ！」

「ゲッ、手間賃は倍になるのか？」

「そういうことで……」

「酷いな……」

「宿に戻って明日にしますか？」

「では川札二枚で百八十八文だな」

その川札を川人足に渡すと、札を髷に結んで客を肩車で川に入る。

助っ人が流されないように補助するという危なっかしさだ。その川札を夕方に清算する仕組みになっている。

棒渡し

川越しの蓮台は手すりなし蓮台、手すりあり蓮台、半高欄蓮台、大高欄蓮台、荷蓮台など五種類がある。

川札の他に台札というものが必要で、川人足は四人以上、運ぶ物によって人数が増える。

馬越しは馬に乗って渡河するのだが士分以上の者に限られた。

棒越しは無賃の川渡しで、一本の棒の両端を川人足が握り、大井川を無賃で渡りたいものがその棒につかまって川を歩いた。相撲取り、巡礼者、大道芸人、無銭者、非人などで、蓮台の横につかまって歩くことも許された。

手を離すとそのまま流されて土左衛門になることが多い。

重信は島田で三日の川留めになった。

秋の嵐で大雨が降り、嵐が通り過ぎても川は濁り水で、四日目にようやく渡河できるようになった。

旅籠に逗留していた旅人たちと川に向かう。

「老師！」

声をかけられて重信が振り向いた。

「おう、三河屋の……」

「はい、お店の使いで大坂までまいります」

数日前に三河屋の宴で別れた三河屋の若い衆だ。

「老師は京へ？」

「まず、奈良に行くつもりだが、三河の長沢村に弟子がおるので立ち寄るつもりだ」

「そうですか……」

「わしは急ぐ旅ではないが、そなたは川留めで困っておったのではないか？」

「はい、急いで通り過ぎようとしたのですが、この大井川だけはなかなか思うようにいきませんで……」

「急ぎなさい。急げば少しは遅れた分を取り返せる」

「はい、ではお先に！」

三河屋の若い衆が小走りに走って行った。

早朝から元気のいい男だと重信が苦笑する。

河原まで行くと夜が明けていた。

三河屋の若い衆は肩車に助っ人がついてもう川に入っていた。まだ、だいぶ水量が多く水深は腰より上だ。

それでも夏の渇水期には膝下などということもある。

この頃はまだ川会所はなく藩府の役人が川人足を仕切っていた。

「どうです？」

川人足が重信に寄ってきた。

「わしは贅沢のできぬ身分でな……」

「ご浪人か？」

「そうだ。棒渡しにしてもらおうと思っておるところだ」

「嵐の後で水が多いよ」

「そのようだな。何んとか渡れよう……」

重信は棒渡しを待つ列に並んだ。

何日も川留めされて節約のために棒渡しに回る者が多い。

乱取備前と千子村正を鞘ごと抜いて紐で笠と縛り、頭に乗せて濡れないようにして片手で棒を掴んで川に入った。

棒につかまった五人が腰より上の水流に流されそうになる。

もし、棒から手を離せばたちまち水流に体を持っていかれる。後は下流で土左衛門として引き上げられるか海に出るだけだ。

「流されるなよ、土左衛門になるぞ！」

「棒を摑んでいろッ！」

「渡るぞ、もたもたするなや！」

川人足に脅されても無賃で川渡しをしてもらうのだから仕方がない。対岸に辿り着くと腰どころか胸までずぶ濡れだ。

「ほら、火に当たれ！」

「早く着物を脱いで乾かせよ」

河原のあちこちに焚火が燃えている。秋になって川の水は冷たい。ブルブル震えている無賃者が多い。

半刻ほどで着物が生乾きになると、重信は大井川を後に掛川へ急いだ。

川留めにあった旅人は遅れを取り戻そうと急ぐ。それに気付いた重信が急ぐ旅ではないと、歩調を緩めてニッと笑って立ち止まった。

つい釣られて廻りと同じように急ぎ足になる。

「みんな、ずいぶん急いでいるな……」

振り向くと後ろを列になって旅人が近づいてくる。数人を先に行かせ重信も歩きだした。

もう二度と通ることのない東海道だ。

重信は三河に入ると長沢村の関口家に向かった。

長沢村は赤坂宿と藤川宿の間にある。

古くは岩略寺城の関口一族が支配していたが、松平信光と戦って敗れ関口家に代わって長沢松平家が支配した。

関口家は今川家に臣従したが、今川義元《いまがわよしもと》が信長に討ち取られてしまう。

関口氏幸は義元の嫡男氏真《うじざね》とうまくいかず長沢村に隠棲したのだ。その氏幸の子氏心が剣の才能に恵まれ重信の弟子になった。

「ご免！」

重信が長沢村の関口道場に現れる。

「あッ、老師ッ！」

弥六右衛門氏心が稽古を中断して重信を迎え入れた。道場には高齢の氏幸も出ていてその前で重信が挨拶する。

「お久しゅうございます」

「老師は西国へ？」

「そのつもりで出てきました」

関口氏幸は重信が別れに来たとすぐわかった。

氏心が重信の傍に座る。二十歳になった若き剣士は眼光鋭く、上質な気迫に包まれた良い剣士に育っていた。

この後、関口新心《しんしん》流の開祖となり、美濃加納《かのう》城の奥平《おくだいら》飛騨守は二十五歳で亡くなるため、氏心は大和郡山城の本多甲斐守正勝に仕え、寛永十六年（一六三九）に紀州徳川頼宣に仕えることになる。

その夜、重信と氏心は二人だけの稽古をした。

薄明かりの中で二人は神夢想流神伝居合抜刀表二十二本と秘伝万事抜を繰り返し確認した。氏心にも重信が別れに来たとわかっている。

師弟の稽古は厳しく一刻半も続いた。

その時、重信は胸に強烈な痛みを感じて、床に片膝をついてうずくまった。

「老師ッ！」

氏心が倒れるのを支えようと駆け寄った。

「大丈夫だ。心配ない……」

ゆっくり立ち上がると重信は稽古を続ける。旅の疲れが出たと思う。稽古はすぐ終わって重信は寝所に引き取って横になった。

既に七十六歳の体は五十数年の長旅に疲れ切っている。

「出羽に戻ろう……」

尼僧姿の深雪《みゆき》の顔が浮かんだ。

重信の脳裏にある深雪はいつも若々しい。広大な出羽の山河が美しく浮かんでくる。それは銀嶺が輝く冬の景色だ。

翌朝、重信はいつものように暗いうちに関口家を辞した。

氏幸と氏心親子に見送られて三河を旅立った。弥六右衛門氏心は泣きそうな顔で師を見送る。

東海道に出た重信は体調を確かめるように、呼吸を整えゆっくりと藤川宿に向かって歩いた。

すると藤川宿の手前で、息を切らして走ってきた氏心が追いついた。

「どうした。何か忘れものか？」

「老師、旅のお供をお許しください。父と相談して出てまいりました……」

「それがしの体を心配してくれるのか？」

「お供をお許し願います！」

「そうか。氏幸殿が許されたのならいいだろう」

「はいッ！」

氏心の顔がニコニコと晴れやかに変わった。

重信の最後の弟子、二十歳の若き剣客は師の最後の旅を見届けようと、父親に願い出て道場を飛び出してきた。

「老師、お聞きしていいでしょうか？」

「何かな？」

「老師の脇差が以前の二字国俊ではないように思うのですが？」

「うむ、気付いたか。あの脇差は風千代丸が剣をやるというので与えた。これは三河屋六助殿が若い頃、腰にしていた千子村正でな、錆びるだけだから使ってくれというので頂戴したものだ」

「千子村正ですか……」

　氏心は風千代丸も三河屋六助も知っている。

「氏幸殿の大小が千子村正だと以前聞いたが？」

「はい、父が今川義元さまから頂戴したと聞きました。三河武士の太刀は千子村正に限らず村正派の太刀が多いようです」

「村正は伊勢の刀工だからであろう……」

「はい、ただ、徳川家では嫌っておられるとか聞いております」

「刀に罪はないことよ」

「そう思います。千子村正は美しい良い刀です」

　師弟は話しながら朝の藤川宿を通り過ぎた。旅籠からポツポツと旅人が出て二人を追ってくる。

尾張名古屋城下で柳生兵庫助の屋敷を訪ねた。

兵庫助も義父の重信が別れに来たのだとわかる。

「柳生の荘で石舟斎さまの墓参をして奈良へ行きます」

「義父上、お体を大切にされて良い旅を……」

「うむ、兵庫助殿、この者は三河の関口殿じゃ、若いがなかなかの良い剣でな……」

「関口とは今川の？」

「はい、関口弥六右衛門氏心と申しまする！」

「柳生兵庫助です」

尾張徳川家を支える剣術師範尾張柳生流の総帥兵庫助と、この後、紀州徳川家を支えることになる関口新心流の弥六右衛門氏心が対面した。この時、兵庫助三十九歳、氏心は二十歳だった。

「義父上、この名古屋城下に新免武蔵が現れました」

「ほう……」

「たまたま城下で出会いました。五人ほど弟子を連れておりましたが、悪臭がひどく人というよりは獣のような殺気に包まれた男にございました」

「そうですか……」

武蔵は江戸に下る途中で名古屋城下に立ち寄り、偶然に兵庫助と出会ってにらみつける。

鋭い眼光と気迫に、柳生一門で最強の剣の使い手兵庫助とわかって、剣を抜く気になれず会釈の挨拶だけ交わした。

襲い掛かれば兵庫助に斬られていた。

「武蔵は川越の百姓家を訪ねてきました」

「ほう、武蔵が……」

兵庫助が驚いた顔をする。

「将軍家の剣術指南をあきらめるよう説得しました」

「そうでしたか……」

「宗矩殿も同じ考えかと思います」

「なるほど、武蔵の殺人剣は将軍家には相応しくないと……」

「そうです」

「それは叔父上も同じ考えでしょう」

兵庫助は叔父の柳生宗矩も重信と同じように考えると思う。事実、そうなって武蔵は将軍家の指南役にはなれなかった。

重信は仙波ヶ原喜多院での武蔵との果し合いのことは話さなかった。

この頃、重信に打ち据えられた武蔵は九州豊後日出城下に戻っていた。父親の無二斎は息子の武蔵を見て何があったかすべてわかった。

武蔵が唯一聞く耳を持つとしたら居合の老師しかいない。

幼い頃に出会い武蔵を知っている老師と出会えばと、無二斎は重信の人柄を信じていたのだ。

その武蔵が深刻な顔で一人で戻ってきた。

あの何にでも噛みつく、恐ろしい獣のような息子ではなくなっていた。無二斎は何も言わず武蔵を受け入れた。

親は子の苦しみを見抜くのだ。

「やるか?」

「うん……」

武蔵は無言の無二斎によって見守られ、苦悶の中で生まれ変わろうともがくことになる。

だが、武蔵が父を必要とした時、無二斎はこの世から去ることになるのだ。

重信は名古屋城下から柳生の荘に行き、石舟斎の墓参をして奈良に向かい、興福寺宝蔵院で胤舜《いんしゅん》と会い、斑鳩《いかるが》の法隆寺に近いお咲《さき》の家に行った。

お咲は夫の五助《ごすけ》亡き後、長男の五平《ごへい》と家の近くの畑で仕事をしている。

笠をかぶった二人の武家の片方が重信だとわかって、腰を伸ばして畑の中から見ている。笠を取って重信が近づいて行った。

「お帰り……」

「うむ、元気だったか？」

「お蔭さまで……」

「そうか、それは良かった。次郎《じろう》からの知らせはあるか？」

「色んな物を送ってくれるから助かるよ」

「それはいいな」

お咲の子で次男の次郎は重信の養子になり、名を浅野《あさの》次郎《じろう》右衛門《えもん》重任《しげとう》と名乗って、今は奥山《おくやま》休《きゅう》賀《が》斎《さい》の孫娘美冬《みふゆ》の縁で奥平家に仕えている。亡きお道の弟だ。

「柳生の若さまも気を使ってくださいますので……」

「尾張の兵庫助殿か？」

「うん、奥方さまがお道の供養のためにと、何かと金子などを……」

「そうか、お珠殿が……」

名古屋で重信は兵庫助と会ったがそんな話は出なかった。

兵庫助の継室お珠は、石田三成の家臣で「三成に過ぎたるものが二つあり、島の左近と佐和山の城」と言われた名将島左近の娘だ。

聡明なお珠は兵庫助の正室だったお道を忘れていない。

同じ女としてお道の悲運に同情していた。

五平と氏心が重信の傍に来て、五平が重信に頭を下げ氏心がお咲に挨拶する。

「ゆっくりできるの？」

重信を愛しているお咲がチラッと見て聞いた。

「二、三日だな……」

「そう……」

「西国まで行き、出羽に戻る」

「そうなの……」

お咲がそっと重信の手を握った。

「出羽に帰るの……」

「いつまでも達者に暮らせ……」

永遠の別れの時だとお咲は思った。

重信を愛した若い日の気持ちをお咲は心に秘めている。

その二人の子であるお道は、柳生兵庫助に見初められたが、九州肥後の加藤清正に仕官した兵庫助と旅をし、その途中で懐妊したが若くして亡くなった。

「五平や、今日は終いにするか？」

「うん……」

畑仕事を途中にしてお咲が家に戻った。

お咲の百姓家は、五平夫婦と子どもたちのため大きく建て増されている。お咲の孫は三人いた。

夕刻前に重信とお咲は五助とお道の墓参りに行った。

草生《む》す墓前は刈られて綺麗だ。

「五平が時々草を刈り取っているのですよ」

「そうか……」

「姉だから、幼い頃の思い出があるのでしょう……」

「五平は優しい男だからな」

二人は墓前で香を焚き、花が好きだったお道のため一抱えの秋の花を供えた。

翌日はお咲を連れて法隆寺に行き、寺参りをしながら唐招提寺、薬師寺と回って旅籠に一泊して、翌日もあちこちの寺を参拝して戻ってきた。

お咲と二人だけの小さな旅だ。

人生は邂逅と別れによって紡《つむ》がれている。

重信はお咲の百姓家に二泊して、斑鳩を発ち信貴山麓《しぎさんろく》の南を回って堺に向かった。

秀吉が堺の堀を埋め、その上、大坂の陣で堺が丸焼けになったこともあり、湊の機能は著しく低下していた。復興されつつはあったが、やがて鎖国になると、堺の機能は大坂に移ることになる。

重信と氏心が堺に到着した頃は、ルイス・フロイスが東洋のベニスと世界に紹介した華やかな堺は失われていた。

湊の機能も摂津《せっつ》淀川河口の渡辺津に移りつつあった。

また、この頃の堺は、秀吉のバテレン追放令やキリスト教禁止令、江戸幕府の禁教令によって南蛮《なんばん》人が少なくなっていた。

だが、キリスト教の信者や宣教師を根絶することはできない。

二年後の元和五年（一六一九）には京で五十二人の信者を処刑、五年後の元和八年には、長崎西坂で五十五人が火刑や斬首になり、元和の大殉教といわれる。

翌九年には江戸で五十人、東北で百八人、平戸で三十八人など、キリスト教に対する大弾圧が始まる。

ところが江戸幕府が弾圧すればするほど、南蛮では「日本へ布教に行け！」「日本を救え！」と布教熱が爆発的に高まり、殉教を覚悟した宣教師が次々と日本に向かい、秘かに潜入し潜伏する者たちが増える。

幕府は大弾圧を繰り返し、手を緩めず鎖国へと向かう。殉教すれば神の国へ行けるというのだから、幕府の弾圧など焼け石に水でやがて島原の乱に突入する。

重信が見た堺には混乱の兆しが見えていた。

江戸幕府はキリスト教を禁止したいが、南蛮やオランダなどとの交易はしたいというのだから徹底しない。

日本人が見ると、スペイン人もポルトガル人もオランダ人もイギリス人もみな同じ鼻の高い南蛮人なのだ。

カトリックもプロテスタントも見ただけでは分からない。

間もなく、幕府は長崎平戸だけを開いて鎖国をするが、キリスト教弾圧は続き、緩和されるのは二百二十年後の安政《あんせい》六年（一八五九）である。

重信と氏心は堺から船に乗った。

播磨《はりま》灘、備後灘、安芸灘を通って岩国へ行くためだ。

摂津、播磨、備前、備中、備後、安芸、周防と歩くより、船であれば早く、数日で岩国に着いてしまう。

秋風に乗って船は西に進んだ。

この頃、岩国三万石、後に六万石は吉川広家から前年に家督を継いだばかりの広正の領地で、片山伯耆守久安が仕えて広家と子の広正の剣術師範をしていた。

吉川広家は関ヶ原の戦いでは南宮山を押さえ、毛利軍が出陣できないように出口を塞いでいた。

そのため毛利一族でありながら広家は家康に味方し、西軍の総大将毛利輝元が改易されるのを防いだ。

毛利家は百十二万石を失い、広家が周防、長門《ながと》の三十万石を家康から与えられた。それを広家は家康に願い出て三十万石を毛利家に与え、名門毛利の家名を残し自分は岩国三万石に甘んじたのである。

重信と氏心は湊で船を下りると、錦川沿いの松庵の道場に着いた。

「老師、遠いところを、よくお出で下さいましたな……」

松庵は突然の重信の来訪を驚きながらも大歓迎で迎え入れた。すぐ松庵は城の伯耆守に使いを出す。

「昨年、九州薩摩から蜻蛉《とんぼ》之介《のすけ》殿が見えられましてな……」

道場に座ると挨拶もそこそこに、重信が岩国の湊で拾い、養子にして丸目《まるめ》蔵人佐《くらんどのすけ》に預けた蜻蛉之介の話になった。

「元気でしたか?」

「いたって元気で、いまや島津さまのご家臣だそうで二百石を拝領しているとのことでした」

「そうですか……」

蜻蛉之介が薩摩にいることを重信は知っている。丸目蔵人佐のお陰なのだ。

「ところで、丸目蔵人佐さまのことは何か？」

「確か七十七歳で達者だと、去年のことだから今は七十八歳になります」

「そうですか、お元気でしたか……」

蔵人佐は九十歳の長寿を生きるタイ捨流の剣豪だ。

和歌を詠じ、笛を遊ぶ風流人で、長く球磨《くま》川の畔で晴耕雨読の生活をし、農耕と開拓に力を入れていた。

「松庵殿、この者は三河の関口氏心殿じゃ、それがしの弟子で剣の筋が良い……」

「関口弥六右衛門氏心にございます！」

「父をご存じで？」

「以前、廻国修行の途中で三河の長沢村にお邪魔したことがある。もう十七、八年も前になろうか……」

二十歳の氏心に記憶はない。

世間は広いようで実に狭い。かといって逆に実に広いこともある。

その夕刻、片山伯耆守久安が現れた。氏心と久安は一緒に重信のもとで修行したことがありよく知っている。四十三歳の剣客は岩国藩主吉川広正の客分として遇されていた。

「老師、九州へまいられますか？」

「いや、ここから出雲《いずも》へ行こうと思っています」

「出雲へ……」

重信は岩国から船で行けば九州はすぐだとわかっていた。豊後に行けば新免無二斎がいる。

小倉《こくら》に向かえば巌流と武蔵が戦った舟島も見られるが、九州に上陸すれば肥後の丸目蔵人佐や薩摩の蜻蛉之介に会いたくなるだろう。

出羽に戻りたい。旅の途中で倒れることはできない。

翌早朝から伯耆守と氏心の激しい稽古が続いた。門弟や重信と松庵も加わり、休みを入れながら昼頃まで稽古が行われた。

父娘の別れ

この日、昼過ぎになって吉川広家の使いが来て、重信と氏心が伯耆守に案内されて登城した。

広家は毛利元就の孫で五十七歳になる老将だ。

既に隠居して岩国三万石は嫡男の広正に譲っている。だが、藩の実権は広家が握っていた。

この後、高直しがあって岩国藩は六万石になる。

実高は十万石とも十七万石ともいう。

「お召しにより参上仕りましてございます。弟子を一人同道しましてございます」

重信が広家に対面した。

幼い頃はうつけと言われた広家だ。

元就の子元春の三男で兄の死によって家督を相続したが、その広家の領地を巡って石田三成が口を出し不仲になった。関ヶ原の戦いで広家が家康の味方をしたのにはそんな理由もある。

毛利家は関ヶ原の戦いで、広家に南宮山の出口を塞がれ、戦いに出られなかったことを根に持ってか、広家の岩国藩を支藩とは認めず家臣として扱った。

その広家に家康は岩国城の築城を許し、参勤交代が始まると幕府は大名として登城、謁見を認める。

だが、毛利家は吉川家を家臣として扱い続けるなど、複雑な関係がいつまでも続くことになる。

「老師、伯耆守から聞いておるのだが、神夢想流居合というものを見せてもらえるだろうか？」

「畏まりました」

　重信は伯耆守の秘剣磯波を見ているだろう広家に神夢想流を披露することにした。

「庭でいいか？」

「結構にございます」

「伯耆守、支度を……」

「承知いたしました」

　伯耆守と近習が部屋から出て行った。広家と重信が話をしていると四半刻もしないで支度が整う。

　重信は裸足で庭に下りると、伯耆守を相手に神夢想流居合の型を披露し、伯耆守が指名した二人の若い剣士を相手に立ち合った。

　二人は伯耆守の弟子で筋の良い剣だったが一人は山越で胴を抜かれ、もう一人も水《すい》月《げつ》で胴を抜かれて倒された。

　最後に氏心も同じ年格好の若い剣士と立ち合って勝った。

「若いがなかなか強いな……」

広家が氏心の美しい剣さばきに驚いている。

「三河の関口弥六右衛門と申しまする」

傍の重信が紹介した。

「三河の関口とは亡き大御所さまの正室さまを出された関口か？」

「御意、今川家の分家と聞いております」

「なるほど……」

広家は重信と氏心の剣技に大いに満足したようだった。

重信が城を辞すると夕刻に広家の使いが、金子と二人の小袖を褒美の品として届けて来た。

翌朝、重信は九州には向かわず、広島まで戻って出雲に向かった。

岩国から海上三十余里を九州豊後別府の海に渡ると、その海辺に木下延俊の日出城があり、その城下に新免無二斎がいて武蔵が戻ってきている。それを重信は知る由もなかった。

広島から山を越えて石見《いわみ》に出ると出雲に向かう。

氏心も出雲は二度目になる。二人は秋風の吹く八月半ばになって出雲に到着した。

重信と氏心が杵築大社《きづきのおおやしろ》に参拝して智月庵に立ち寄ると、中村《なかむら》家から杵築大社に向かっていた可奈《かな》が気づいて駆けてきた。

「お父上さまッ！」

「おう……」

「お帰りなさいッ！」

「元気だったか？」

「はい！」

「三《さん》右衛《え》門《もん》殿も達者か？」

「はい、お爺もお婆も阿菊《おきく》叔母さまもみんな元気です！」

可奈は十五歳になり、阿国《おくに》と見間違うほどよく似た美しい娘に成長していた。

「今夜はここに泊まるから……」

「はい、支度します。その前に大社へ行ってまいります」

「うむ……」

可奈が杵築大社に走って行くと、重信は氏心と中村家に向かう。

智月庵は中村家によって、阿国が生きていた時と同じように大切にされていた。

鍛冶場から三右衛門の槌音がしている。

「老師……」

「三右衛門殿、ご無沙汰をしております」

「可奈は大社に行ったはずですが……」

「智月庵で会いました」

「すぐ、戻ってきますから、どうぞ……」

三右衛門は仕事場から腰を上げると二人を母屋に連れて行った。阿菊が野菜駕籠を持って庭に顔を出した。

「あら、お師匠さま、よくお出で下さいました……」

「阿菊殿も元気そうで……」

「丈夫だけが取り柄ですから……」

阿菊がニッと照れるように笑う。その阿菊に氏心がペコリと頭を下げた。二人が旅装を解いて炉端に座る。

そこへ可奈の祖母が白湯《さゆ》を差し出した。

中村家ではいつも重信を家族として温かく迎え入れる。それは阿国が亡くなった今でも変わっていない。

夕刻になって可奈がバタバタと息を切らして戻ってきた。

お転婆なところも可奈は阿国とそっくりだ。その夜から重信と可奈は智月庵に泊まった。

「お父上はまた旅に出るのですか？」

「うむ、京から越前、出羽まで行くつもりだ……」

可奈は重信が出羽の生まれで妻子がいることも知っている。

「そう……」

「母と同じように強く生きていけ……」

「はい……」

うなずいた可奈は重信が別れに来たのだとわかった。急に涙が止まらなくなった。星明かりの天井が涙で見えなくなる。傍に母の存在を感じた。

「お父上……」

「そなたは武家の子なのだぞ……」

「うん……」

可奈は重信に泣いているのを気づかれ背を向けた。

すぐ重信の寝息が聞こえてくると、可奈は寝返りを打ってそっと重信の腕を抱いて眠った。

翌朝、氏心を中村家に残して、重信と可奈は稲佐《いなさ》の浜を北上して日御碕《ひのみさき》神社に向かう。氏心は阿菊に誘われて杵築大社に向かった。

日御碕神社は上の宮神の宮と下の宮日沈宮《ひしずみのみや》からなる。

日沈宮の祭神はアマテラスであり、神の宮の祭神はその弟のスサノオだ。二人は上下宮を参拝して帰途に就いた。

翌日は氏心と阿菊を入れた四人で須佐《すさ》神社に行き、旅籠で一泊して中村家に戻ってきた。

父と娘の別れの時が近づいている。

その夜、重信と可奈は智月庵で最後の夜を過ごした。

「眠れないのか？」

「お父上さま……」

「そなたの母と伊勢から熊野まで旅をしたことがある……」

重信は天井をにらんで阿国の面影を追っていた。

可奈がその腕を抱いた。

「伊勢街道は山また山、峠また峠という難所の道で、路傍には倒れた巡礼者の墓碑が累々と建てられていた。その一つひとつにそなたの母は野の花を供えておった」

「母上が……」

「険しい道だった」

「それなのに、優しいお母さま？」

「そうだ……」

その夜、可奈は重信から母阿国の話を聞いた。

阿国が亡くなって四年が過ぎている。可奈は十一歳だったから母の面影は脳裏にはっきりと焼き付いていた。

「明日の朝、旅に発つ……」

可奈がグッと強く重信の腕を抱いた。七十六歳の父と十五歳の娘の最後の夜は眠れないまま夜が更けた。

翌朝、智月庵を出る時、重信は可奈に千子村正を鞘ごと渡した。

「これをそなたにやろう」

「お父上……」

「この脇差は千子村正という名刀だ。そなたの守り刀にしなさい」

「こんな大切なものを……」

「可奈、そなた以上に大切なものなど父は持っていない。わしの代わりにそなたを守ってくれる刀だ」

「お父上さま……」

「時々、三右衛門殿に手入れをしてもらいなさい。手入れをしないと刀は錆びる」

「はい……」

千子村正を抱きしめて可奈はポロポロと涙をこぼした。

もう父と会えないのだと思う。

重信と氏心は中村家で朝餉を馳走になって旅立った。三右衛門と可奈が今市宿まで送ってきた。

「お父上さま、可奈のお供は叶いませぬか？」

「そなたはこの母の国である出雲で幸せになりなさい。もし、江戸に出るようなことがあれば、日本橋の三河屋を訪ねなさい。そこには七恵殿という娘さんがおられる」

「お父上……」

「三右衛門殿、世話になり申した。娘のことお願いいたします」

「老師、ご心配なく、旅をお元気で……」

「かたじけない」

生涯の別れだとみなわかっているが、氏心はまた訪ねて来て可奈の無事を確認しようと思っていた。

若き剣士はこれから何度でも訪ねてこられる。

「関口さまもお元気で、西国にお出での時は出雲に立ち寄ってください」

「はッ、そういたします！」

泣きそうな可奈と老人の三右衛門に見送られ、二人は今市宿から山陰道を松江に向かった。

重信の腰にあった千子村正が、可奈の手に渡ったことを氏心は知っている。もう会うことのない娘に形見の脇差を渡したのだと理解した。

重信と氏心は松江、安来《やすぎ》と歩いて京に向かう。

その二人が京の丹波口に到着した時、深秋の気配が東山に広がってきていた。

重信が北山の鷹ヶ峰の道場に着くと、その近くに本阿弥光悦の光悦村ができていた。光悦は家康から鷹ヶ峰に広大な土地を拝領し、京から法華宗の仲間の職人など陶芸や漆芸に携わる多くの人々を集めて芸術村を作った。

道場で重信は大吾とお清、弥右衛門とお登喜に会った。

「みな達者のようだな……」

「老師もお元気で祝着にございます」

大吾が挨拶する。

「うむ、岩国から出雲を回ってきた。お清殿、憲法殿はお元気か？」

重信が心配していたことを聞いた。

「大坂の陣が終わって京に戻り、道場を閉めて家業の染物をしております」

「そうか、息災なのだな」

武家は負け戦の時の身の処し方が難しい。

吉岡憲法直綱は京に戻ると剣を置き、吉岡道場今出川兵法所を閉めて、家代々の家業である染物屋に戻った。

粟田口吉光

翌朝、源光庵に泊まった重信が一人で寺を出た。

重信が訪ねたのは五条の吉岡家で、染物屋をしている。

吉岡家の憲法黒という染色は明《みん》から伝わったもので、吉岡流のような兵法家には生薬や薬草の詳しい使い方が伝わっていた。

家伝の憲法黒は直綱の時に江戸まで広く伝搬して、小袖の色として気品のある黒褐色が大いに好まれた。

「それにしてもよくご無事でお戻りになられました」

重信と憲法の話はどうしても大坂の戦いのことになってしまう。

「大坂城の戦いは総大将不在の戦いで、真田殿、後藤殿、毛利殿などが奮戦されましたが、最後までまとまることなく個々の武将の野戦になりました」

「幸村殿の真田丸が活躍されたとか？」

「冬の陣にございますが、備前島に据えられた南蛮の大砲の弾丸が本丸御殿に命中して、戦いの様相がガラッと変わってしまいました」

「砲弾が戦いを左右した？」

「そうです。本丸御殿にいた女たちが怯えて、戦いの流れが一気に和睦へ傾いてしまいました」

憲法は本丸御殿にいた秀頼の母親茶々姫が震え上がったといわない。

総大将が秀頼なのか、母親の茶々姫なのか分からないのだから、端から勝てる見込みはなかったと考えている。

秀頼と茶々姫はいざとなれば、降伏して命だけは助かるだろうと、家康の考えを読み切れていなかったと憲法は振り返っていた。

今思えば、家康は江戸幕府の邪魔になる大坂城の秀頼を殺す、その覚悟だけで二十万の大軍勢を編成して攻め込んできたのだ。

そこを秀頼と茶々は読み違え、秀頼は最後まで豊臣家の馬印を立てなかった。茶々姫が立てさせなかった。

「総大将のいない戦いに勝機はありません。敵本陣を急襲するのが残された最後の戦いでした。真田殿や毛利殿が家康を追い詰めたと聞いております。家康を討ち取ったなどという噂もありました」

「太閤殿下の大坂城がいとも簡単に、落城したのはそういうことでしたか……」

重信は初めて大坂城の陣の詳しい様子を知った。大坂城の敗北については色々な噂が流れている。

「あの大砲の威力には完敗にて、今出川兵法所の方はさっさと閉めました……」

吉岡流には初代憲法直元の兵法があり、それで吉岡流今出川兵法所という看板を掲げてきた。だが、その吉岡流兵法が南蛮の大砲によって、もろくも粉砕されたと憲法は感じている。

有無をいわさず飛んでくる砲弾の威力は凄まじく、生半可な従来の兵法などでは歯が立たない。砲弾が当たれば全てを破壊する。それを憲法は大坂城で目の当たりにしたのだ。

「徳川の御世になり、もう大きな戦はないでしょうが、あの一貫目を超える砲弾の破壊力は止められません。大坂城の御殿の梁が折れたということです」

「ほう、御殿の梁が折れた……」

「一発の砲弾で七、八人が死んだと聞いています」

「それでは戦いになりませんな……」

「恐ろしい兵器です。最初は信長さまが鉄の船に装備して、木《き》津《づ》川沖の海戦で村上水軍を壊滅させたと聞いていました。小型の大砲だったようです。これからは三貫目弾、五貫目弾、十貫目弾と切りがないことでしょう」

「一発で城が吹き飛ぶ？」

「そういう時が来るでしょう……」

重信は憲法が兵法所を閉じた訳を理解した。新しい兵器の出現には新しい兵法が必要だということだ。

「ところで、老師の腰に脇差がないようですが？」

「お気づきか、実は出雲に十五歳になる娘がおりまして、形見に残してきました」

「形見？」

「修行の旅も終わりにして出羽に戻るつもりです。もう会うことも叶わぬかと思いますので……」

「そうですか。出雲に……」

憲法はどんな思いで重信が娘と別れてきたかと思いやった。

世間では歳を取ってから出来た子は特別に可愛いという。別れがたかったろうと思うのだ。

「しばらく……」

部屋を出て行くと一振りの脇差を握って憲法が戻ってきた。

「吉岡家では多くの太刀を代々の当主が残していきました。これは吉岡流の流祖直元が腰にしていた粟田口《あわたぐち》藤四郎《とうしろう》吉光《よしみつ》一尺二寸四分です。お持ちください」

「このような宝物にも等しい刀をいただくことはできません」

「老師の仇討に流祖直元がかかわっていたと、勧修寺《かじゅうじ》さまと父から聞いたことがございます。少々短めの脇差ですが、老師の腰にあってよいものと思いますが？」

「と言われましても粟田口藤四郎をいただくわけには……」

重信が辞退するのも当然で、粟田口吉光は鎌倉期の名刀工で、五郎入道正宗にも劣らぬと言われ、信長や秀吉など多くの武将が愛した名刀である。

吉光は短刀作りの名人と言われた。短い刀が多い。その多くは大坂の陣で焼身《やけみ》になったという。

家康は焼身でもいいから粟田口を探せと命じたほどだ。

焼身とは火災などで焼けてしまった刀身である。良い刀は再刃《さいは》して復活させることがある。

憲法は大坂の戦いに粟田口を持って行かなかった。

流祖直元の愛用した粟田口は、何本もある吉岡家の太刀の中でも、二つとない家宝なのだ。

それを憲法は重信に直元の遺品として譲ろうという。

「吉光と二字銘が切ってあります。老師の腰に相応しいと思いますので、遠慮なく納めて下さるように……」

「身分不相応な名刀ですが、あの雪の日に産寧坂《さんねいざか》の上から、未熟なそれがしの剣を見ておられた直元さまの面影をお預かりしたく存じます」

「是非にも、流祖がよろこばれましょう」

重信は粟田口を手に取ると鞘口を切ってゆっくり抜いた。

手入れされた美しい脇差だ。確かに一尺二寸四分は短いが、その地肌の品格が尋常ではない。

「これは……」

重信はこの粟田口を愛した吉岡憲法直元の心に触れた気がした。

数多の名将たちが傍に置いた気品の粟田口藤四郎だ。京の七口の一つ、粟田口に刀工が住んでいたことから、粟田口と呼ぶことになった。

二人は半刻余りあれこれを話し合った。

「これから老師はどちらへ？」

「膳所《ぜぜ》、彦根、越前、加賀までまいります」

「越前の富田勢源さまはご健在と聞いておりますが？」

「それがしもそう聞いております」

「九十歳を過ぎたとか？」

「長寿にてそれぐらいにはなるかと思います」

「老師の神夢想流居合は今や天下に名高い剣法になりました。余人にはできないことにございます」

「神との約束であれば生涯の本懐にございます。出羽に戻れば使命が終わり、召される日を待つばかりにございます」

重信の言葉には神との約束をすべて果たしたという安堵感がある。

「そうですか。ご無事の旅を……」

「流祖さま以来、長々とお世話になりました。これにてお暇いたしまする」

永の別れになる挨拶をして重信は吉岡家を辞した。

重信の神夢想流居合は多くの流派に取り入れられて、時代を越えて世に残り、吉岡家の憲法黒も時代を越えて世の人々に愛されることになる。

鷹ヶ峰の道場に戻るといち早く氏心が重信の脇差に眼を留めた。

出雲から腰にない脇差を差して重信が戻ってきた。

「老師、腰に脇差が？」

「これか、これはお清殿の父憲法殿から預かってきた粟田口藤四郎だ……」

「あわ、粟田口……」

氏心が仰天した顔で脇差を見る。ほとんど目にできない名刀なのだ。

「見るか？」

「よろしいのですか？」

「流祖吉岡直元さまが腰にしておられた遺品とのことであった」

大吾と弥右衛門が氏心の傍に寄ってきた。二人も見たことのない名刀だ。

「一尺二寸四分だそうだ……」

「粟田口吉光は短刀作りの名人と聞いております」

大吾が言った。大吾は妻のお清の父からまだ刀を譲られていない。

氏心の手にある粟田口を見て、名門吉岡家にはどんな名刀があるか分からないと思った。

古くから京にはあらゆる名刀が集まってくる。

その京で道場を開いていた吉岡家にはそれらの名刀があるはずだと思う。その一つが粟田口なのだろう。

粟田口藤四郎吉光に並ぶ名刀は五郎入道正宗か、二十七歳で没したという謎の名工郷義弘しかないといわれている。

三人が感動して粟田口藤四郎を見ていた。

その夕刻、重信は光悦村に本阿弥光悦を訪ねた。光悦とは勧修寺尹豊《ただとよ》の紹介で会ったのが初めてでもう数十年が経つ。光悦がまだ三十代の頃だ。その光悦も六十歳になっていた。

二年前に家康から鷹ヶ峰に土地をもらい光悦村の建設が進んでいる。

「老師の不在の間に仕事を進めました。何かと道場にご迷惑をおかけしております」

にこやかな光悦が重信に頭を下げた。

「ずいぶん腕の良い職人が集まっておられると聞きました」

「はい、焼き物職人や漆職人など七、八十人にもなりましょうか……」

この光悦村は後に光悦寺となって後世に残ることになる。

「本日お伺いしましたのは、いよいよ出羽に戻る決心をしましたので、永のお別れのご挨拶と、実は本日、五条の吉岡家をお訪ねしましたところ、憲法殿から粟田口藤四郎をお預かりいたしましたので、どのような由緒の脇差か本阿弥殿ならご存じかと？」

「その藤四郎吉光ならば存じております」

「やはり……」

本阿弥家は刀剣の鑑定や研磨を生業とする家だ。

「どれぐらい前になりましょうか、二十年、いや、三十年ほども前になりましょうか、一度拝見いたしました。梨子地肌《なしじはだ》の美しい刀で忘れられません。あのような名刀と出会ったのは今日までの人生で五振りもありましょうか……」

重信は腰から鞘ごと抜いて粟田口吉光を光悦の前に置いた。

「ああ、この拵えはこの光悦が若い頃に考えたものにございます」

光悦が懐かしそうに、知己にでも遭ったような目で、粟田口藤四郎の拵えを眺めている。

「拝見いたしましょう」

懐紙を出して口にくわえ、鯉口を切るとソロリと刀を抜いた。懐紙を手に取るとその上に刀身を置いて両面を確認する。息を止めているように見えた。部屋の空気が緊張する。

刀を鞘に戻すと重信の前に置いた。

「確かに、吉岡家の粟田口藤四郎吉光にございます。天下一の神の剣士の腰に相応しい脇差かと思います」

「どのような謂れの脇差にございましょうか？」

「この粟田口は吉光の特徴を残し、ほとんど反りがなく直刀です。銘は二字で吉光と切ってあります。確か、この粟田口は大口にございます」

吉光の銘には二種類あって、吉の字の口が大きい吉光と口が小さい吉光とある。

重信は見たことはなかったが、この違いは聞き知っていた。銘が二種類あることから吉光は二人いるのではないかと言われている。

「粟田口吉光は贈り物としては最上品といわれ、足利将軍家を始め名門の武家に贈られました。この吉光は足利十二代将軍義晴さまの所持と聞きました。それを吉岡流の流祖直元さまが将軍家の剣術師範として、武功を挙げられた時に義晴さまから下賜されたものにございます」

光悦が粟田口の由来を話した。

「義晴さまから直元さまに……」

「どのような経緯で将軍家にきたのかは分かりません。おそらく、公家か大名家にあったものが将軍に献上されたものでしょう」

「なるほど、足利将軍家にあった名刀ですか……」

「老師の腰に相応しい脇差にございます。憲法さまがそう思われてお譲りになられたのでしょう。確か、一尺二寸余りと短めの脇差です」

脇差は刀身二尺までをいい、一尺八寸までを大脇差という。一尺三寸までを中脇差、一尺までを脇差といい、一尺以下を短刀という。

重信が腰にしてきた脇差は二字国俊が一尺八寸五分、千子村正が一尺八寸二分といずれも大脇差だ。

粟田口藤四郎の一尺二寸四分はかなり短い。そのかわり短い分だけ軽いのは助かる。

重太郎

数日後、重信は御所の宜秋門《ぎしゅうもん》前の勧修寺家を訪ね、当主勧修寺経広《つねひろ》に永の別れの挨拶をすると京を発った。

勧修寺家は勧修寺紹可《じょうか》入道尹豊の曽孫、権大納言光豊《みつとよ》が三十八歳で急死すると、嫡男教豊《のりとよ》が勧修寺家十六代当主になったが、わずか六歳で早世してしまう。

そこで光豊の父、大納言晴豊《はるとよ》の四男で、坊城《ぼうじょう》家に養子に入った俊昌《としまさ》の子経広を、勧修寺家に入れて十七代当主にした。

重信が会った経広は十二歳の若い公家だった。

もちろん、重信と勧修寺家のことを経広は知らない。
尹豊、晴右《はるすけ》、晴豊、光豊、教豊、経広と、勧修寺家の当主は五代が過ぎさっている。遠くになった。

重信と氏心は京を出ると琵琶湖の南岸、大津の膳所城下に向かった。
だが、戸田《とだ》家は大坂の陣の武功により摂津尼崎《あまがさき》城に移封されて、古藤田勘解由左衛門《ことうだかげゆざえもん》と会うことはできなかった。

二人は湖東を彦根城下に向かい長野十郎左衛門と一宮左太夫に会った。

十郎左衛門は名を長野無楽入道槿露斎《きんろさい》と改め、彦根藩井伊家の家老になり無楽流居合を開いていた。

無楽入道は長寿で九十歳を超えて生きることになる。

重信は長野屋敷に泊まって翌日は北国街道を北に向かった。

越前一乗谷には九十歳を超える富田勢源とお幸《ゆき》がいて元気だった。勢源の傍に少年が座っている。

「甚助殿、孫の重太郎《しげたろう》だ。十一歳になる……」

勢源の傍に座ってお幸が重信を見ている。そのお幸が重信に小さくうなずいた。重信の子だといっている顔だ。

「重太郎、老師にご挨拶しなさい……」

「はい、遠路ご苦労さまにございます。神夢想流居合のことはお爺さまと母上から聞いています。元服しましたら修行をしたいと思います」

「うむ、立派なご挨拶、痛み入る。まずはお爺さまから富田流小太刀を学び、次に母上さまから一刀流を学ばれるがよろしかろう。神夢想流居合はその後でよろしいかと思います」

「お爺さまから？」

重太郎が怪訝な顔をした。

「重太郎殿はお爺さまが中条流小太刀の名人であることを知らないのかな？」

「はい……」

「そうか。まずはお爺さまの剣の弟子にしていただくことだ」

「はい、そういたします」

「重太郎、遊んでいいぞ……」

「はい！」

勢源の許しが出て元気よく答え、立ち上がると重太郎が部屋を飛び出して行った。

「お幸が産んだ重太郎は富田流で貰い受けるがよろしいか？」

「はッ、承知いたしました」

「お幸も異存はないな？」

「はい、ございません……」

盲目の老剣豪がうれしそうにニッと笑う。孫というよりは曽孫のような重太郎を勢源は気に入っている。

「いつ、訪ねて来るかと待っておったのよ……」

「ご無沙汰をいたしました」

「それは、わしではなくお幸に言うことだ。女にとっては一日千秋であったろうよ。十一年は長いからのう……」

「恐れ入りまする」

重信がお幸を見ると小さく微笑んでうつむいた。それを見て氏心は重信とお幸の関係を理解した。

「永の別れだな？」

「はい、出羽に戻ります」

「うむ、お幸と重太郎のことは案ずるに及ばぬ。いずれ、重太郎は加賀の越後守に預けるつもりだ」

「有り難いことにございます」

「お幸は出羽に行きたいだろうが、わしの世話をする仕事があるでな……」

目の見えない勢源にとってお幸は眼なのだ。以前は微かに光を感じたが今は全く見えていない。

「ここから加賀に行くのかな？」

「はい、越後守さまは江戸におられるかも知れませんが？」

「いや、越後守はもう隠居ゆえ、江戸から戻って金沢にいると聞いている。もう、江戸に出て行くことはないだろう……」

富田越後守は五十四歳になる。まさに、富田勢源の中条流小太刀を受け継いだ天才剣士なのだ。勢源の信頼が厚い。

その越後守に重太郎を預けるということだ。

「それでは越後守さまにお会いすることができます」

「うむ、もうすぐ九月になる。寒くなると北国の旅は難儀だ。お幸、長くは引き止められないぞ……」

その夜、重信は勢源の屋敷に泊まった。その重信の部屋にお幸が現れ傍に座る。

「ずいぶん待たせたようだな?」

「重太郎が産まれましたので、寂しくはございませんでした……」

「そうか、重太郎にはすべて話してあるのか?」

「はい……」

「良い挨拶であった」

「子どもながらに覚悟を決めていたものと思います」

「うむ、賢い子だな?」

「はい……」

「何もしてやれない父親だ……」

お幸は重信を見ていたが、黙って傍によると重信を後ろから抱きしめた。

「お顔を見せて下さっただけで、重太郎には生涯の思い出になりましょう。勢源さまが重太郎は強い剣士になると……」

重信の耳にお幸がつぶやいた。

「そうか……」

「あなたのような剣客になるとも……」

「それは有り難いことだ。それで、加賀に行かせると言われたのだな？」

「はい、その時は一緒に行けと……」

「そうか……」

重信は勢源の心使いに深く感謝した。

盲目の老剣豪の大きな愛に母子は守られている。その勢源がもう長く生きられないと思っていることも感じた。

「明日の朝、重太郎に稽古をしてやってくださいますか？」

「うむ、しよう……」

「では、支度をさせます」

お幸に抱かれ、老軀《ろうく》に熱い愛がしみ込んでくる。

そのお幸は重信が初めて勢源の前に現れた時、この人が好きだと思った。だが、廻国修行中の重信に純粋な娘の愛を受け入れる余裕はない。

重信が越前を去ると、京までその後を追った。

だが、悲しいかな娘の愛は成就しない。その娘を慕う勢源の弟子で中条流から一刀流を開いた鐘捲自斎《かねまきじさい》が追ってきた。

お幸は旅に出た重信を追い切れずに、鐘捲自斎の愛を受け入れて一緒になった。

自斎の妻だった頃、お幸は巌流小次郎や、伊藤一刀斎《いとういっとうさい》と一緒に自斎から一刀流を学んだ。

その鐘捲自斎が亡くなるとお幸は勢源の元に戻る。

そこに再び重信が現れると叶わぬ愛が再燃した。お幸は勢源の仲介もあって重信との間に重太郎を儲けた。

だが、重信は重太郎が生まれる前に修行の旅に出てしまう。剣客を愛するとはそういうことなのだ。

お幸は重信をきつく抱きしめた。

「逢いたかったの……」

「すまぬ……」

「重太郎を見ていただきたかったのです」

「うむ、よく育ててくれた」

「大好きなあなたの子ですもの、これからもずっと一緒です……」

「頼む……」

「忘れないから……」

二人の別れの時だとわかっている。

お幸にとって重信は初恋の人であり生涯の恋人なのだ。その重信の子を産んだことはお幸の幸せだった。

翌朝、重信は襷を掛け紐で鉢巻をして、果し合いにでも行くような姿を支度した。

「老師、どちらへ？」

氏心が不思議がって聞いた。

「道場だ……」

道場で果し合いでもあるのかと、氏心も急いで襷を掛け立ち合いの支度をし、慌てて重信を追うと道場には重太郎が座って待っている。その重太郎も仇討でもするような勇ましい身支度をしていた。

道場にはまだ五、六人の門弟しかおらず、正面の祭壇の前に勢源とお幸が座っている。

重信が重太郎の前に正座した。

「これから神夢想流居合の型を見せる。よろしいか？」

「はいッ！」

重信は片膝を立てると同時に「エイッ！」と乱取備前を抜いて横一文字に斬り抜いた。斬られると思った重太郎が身を引いて逃げた。

「逃げるな！」

乱取備前に血振りをすると鞘に戻す。

「居合とは己の心に勝つことなり……」

重信の乱取備前が再びスルスルと鞘走って「エイッ！」と上段から下段まで斬り下げた。

それを逃げずに重太郎がにらんでいる。

老いた父がわが子にただ一度見せる剣の舞だ。

刀が鞘に戻ると重信は腰を落とし、三度抜刀すると左下から逆袈裟に斬り上げた。

グッと剣先が伸びて美しい残心だ。

老剣士の動きに微塵の隙も無い。

重太郎は何一つ見落とすまいと睨んでいる。

次々と重信は神夢想流居合の型を見せ四半刻ほどで終わった。襷を掛けて白鉢巻のお幸が木刀を握って立ち上がった。

重太郎が父と母を驚いて見ている。

「お願いします！」

「よし！」

氏心が重信に木刀を渡し乱取備前を預かった。互いに中段に構えるとお幸が上段に木刀を上げて打ち込んだ。

鋭く気合声を発すると体ごと重信にぶつかって行った。

それをガツッと受け止めるとお幸が重信を押した。勢源が木刀の響きを耳を澄まして聞いている。

鍔迫り合いから離れ際にお幸が打ち込んだ。

若々しい体の動きだが重信がお幸の木刀をカツンッと跳ね返し、その木刀がお幸の胴に吸い込まれていた。

胴を斬り抜かれお幸が膝から崩れる。

「もう一本ッ！」

「よし！」

久しぶりの稽古にお幸がうれしそうにニッと微笑んだ。

「ターッ！」

お幸が木刀で重信の胴を払った。

不意打ちだがカーンッと跳ね返され、二歩、三歩と後ろに下がった。その間合いを重信が追った。

重信の鋭い踏み込みに重太郎は目を瞑った。母が斬られたと思った。頭上から押し潰され

だが、お幸は重信の一撃を、両手で支えた木刀で受け止めた。

そうだ。

床に転がってお幸が羽目板に逃げた。それを重信が追う。

「それまでッ！」

勢源の声が飛んだ。

勢源の耳はお幸が羽目板にぶつかったのを聞き漏らさなかった。二人の動きを勢源の耳は聞き分けている。

「お幸、老師の剣は相変わらず鋭いのう……」

「はい……」

勢源は重信が手心を加えているとわかっている。

一乗滝

重太郎が傍の木刀を握ってスッと立ち上がった。

「お願いします！」

重信にペコリと頭を下げた。

「重太郎、恐れるな。踏み込め！」

「はいッ！」

勢源に励まされ重太郎が木刀を中段に構える。

「イヤーッ！」

叫びざま母の仇とでもいうように、いきなり重太郎が重信に打ち込んできた。

　それをカツッと跳ね返されると、少しよろめいたが「イヤーッ！」と再び元気よく打ち込んだ。

　小さいがもう立派な剣士だ。

　重信が体を入れ替えて重太郎の木刀を流すと、小さな体が制御を失って羽目板まで飛んでドンとぶつかる。

「クッ！」

　泣きそうな顔で振り向くと、「まだだッ！」と叫んで木刀を上段に上げ、体ごと重信にぶつかってきた。

　振り下ろされた木刀に重信の木刀が絡みついて跳ね上げた。

　重太郎の木刀が道場の天井に当たってガラガラと床に転がった。それでもまだ、まいったを言わない。

　負けず嫌いなのだ。手が痺れているはずだ。

　傍の門人の木刀を握ると中段に構え、「イヤーッ！」と叫んで三度目の攻撃を仕掛けてきた。

　それをガシッと受け止めて重信が押した。

　踏ん張っても重太郎の足が滑って止まらない。途端に、重太郎が道場の床に一間ほど転がって猫のように飛び起きる。

十一歳とは思えない機敏な動きだ。

その動きを追わずに重信がにらんでいる。

「イヤーッ！」

上段に振り上げて四度目の攻撃だ。

息が切れて重太郎は肩で呼吸をしている。木刀を受け止めると重信が重太郎を跳ね飛ばした。

ヨロヨロと二間ほど飛ばされ門人にぶつかって転んだ。

「若、まいったです……」

「黙れ、まだだッ！」

「殺されますぞ……」

「クソッ！」

木刀を杖に立ち上がると中段に構える。そこに重信が上段から仕掛けた。

その瞬間、重太郎が逃げずに重信の腰にしがみつくように飛び込んできた。重信が咄嗟に攻撃を中断した。

重信は体をひねって抱きつかれるのを回避した。

油断すると胴を打たれる。勢い余って重太郎が羽目板にぶつかり、仰のけに倒れると気を失った。

「若ッ！」

「重太郎ッ！」

「騒ぐなッ！」

勢源が立つとお幸がその手を引いた。

「老師、重太郎は羽目板にぶつかったようだな？」

「油断をしました」

「どれどれ……」

勢源が倒れている重太郎を、見えないのに覗き込んで、みぞおちの辺りをグッと押した。

「お爺……」

重太郎がパッと目を開いて呼んだ。

「重太郎よ、どこに何があるか、辺りをよく見ておけ……」

「うん……」

お幸の手を握ってキョロキョロ見回して重信を探した。

「お父上……」

「うむ、良い剣であった。精進しなさい！」

「はい……」

起き上がると正座して重信に、「有り難うございました……」と頭を下げて挨拶した。父と子が正式に名乗り合う稽古だった。お幸の眼に涙が浮かんでいる。

氏心が木刀を握って立ち上がった。

「次はどなたか。それがしがお相手いたす！」

「お願いします！」

若い門人が立ち上がって氏心の稽古が始まった。

若い氏心の激しい稽古が昼過ぎまで続いた。二十歳の氏心は疲れ知らずである。重太郎も氏心を気に入って兄のように慕った。

もう一晩、重信は勢源屋敷に泊まった。

その重信にお幸がつぶやいた。

「一乗谷川の上流に一乗滝という巌流さまが修行された滝があります。その辺りに一年ほど前から浪人たちが集まって、酔っては村に下りて来て悪さをするので村人が困っているとのことです……」

「越前藩は確か、結城秀康さまのご領地では？」

「そうですが、秀康さまが十年前に亡くなられてからはまとまりがなく……」

結城秀康は家康の次男で秀吉の養子になった。

家康は将軍秀忠の兄を特別扱いし、越前北ノ庄六十七万石と下総結城八万石の七十五万石を与えて優遇した。

親藩でも別格の扱いだった。

その秀康は慶長十二年（一六〇七）に三十四歳の若さで亡くなってしまう。長男忠直がその後継者になった。

秀康は姓を結城から松平に戻していた。

この松平忠直がまとまらない男で、家康や将軍秀忠に迷惑ばかりかけている。それでも将軍になれなかった秀康の子として、家康も秀忠も我慢していた。

そういう混乱している家には虫がつきやすい。

一乗滝に巣を作った浪人も、そんな類いのよからぬ連中だった。

松平忠直はこの数年後に我慢の緒を切らした将軍によって、幕府に反抗的だという理由で九州豊後に配流になる。

御三家になれなかったのも不満だったのかも知れない。

一乗谷川は足羽《あすわ》川の支流である。

その上流の一乗滝は若い頃の巌流小次郎が修行し、秘剣虎切《とらきり》を体得したと伝わる場所だ。

巌流はこの滝に近い越前宇坂浄教寺村で生まれた。

剣に非凡な才能を持つ巌流は、幼くして富田勢源の弟子になり、勢源の弟景政《かげまさ》の弟子になる。

その景政の娘を妻にして後継者になったのが、富田越後守重政だ。

巌流と越後守は兄弟弟子なのだ。

巌流というのは剣の流派名で、本人は津田と名乗っていた。

いつしか人々は津田ではなく流派の巌流と呼ぶようになる。佐々木という姓が使われるのは、武蔵の死から百三十年後に書かれた二天記である。

巌流の死から百五十年以上が経っていて信用できない。

津田家は同じ越前の丹生《にゅう》織田荘《おたのしょう》から、少し離れた越前宇坂浄教寺村に移住した織田一族の津田である。

津田一族は元々、近江津田庄から越前丹生織田荘に移った平家一族だ。

源氏に追われて西国に逃げた平家ではなく北に逃げた平氏である。その織田荘から管領斯波《しば》家の家臣になったのが織田家である。

依って織田信長は平家である。その末裔である山形天童藩の織田家も津田を名乗ることになる。

つまり巌流は遠くで信長ともつながっていたことになるのだ。

翌朝、重信と氏心は勢源屋敷を辞して一乗滝に向かった。

小川のような一乗谷川を遡って行くと山の中に一乗滝がある。深閑とした山に滝の音が響いていた。

　巌流の秘剣虎切の剣風が聞こえそうだ。

「この辺りのはずだが……」

「老師、あの山小屋ではありませんか？」

「あの煙は人のいる証だな……」

　滝つぼの傍の大木の近くに、村人が使うための山小屋がある。

「静かです……」

「酒を飲んでまだ寝ているのであろう」

「老師、それがしが飛び込みます！」

「十人を超えるそうだから油断するな」

「はい！」

　笠を取り、襷を掛けて鉢巻をすると氏心が小屋に近づいた。

　板壁の隙間から覗くと小屋の中には、男女二十人ばかりが寝転がっている。

「浪人は十三、四人だな……」

　氏心がバーンと板戸を蹴飛ばして開いた。

「浪人どもッ、討ち取りに来たぞッ！」

「うるせいな……」

「誰だッ！」

「役人だッ！」

寝ぼけの浪人が太刀を握って次々と起きた。

「キャーッ！」

女たちが小屋の外に逃げ出す。

刀を抜いた大男がいきなり氏心に襲いかかる。太刀が鞘走って男の胴を横一文字に斬り抜いた。

「ゲッ……」

大男が土間に転げ落ちた。

「やりやがったなッ！」

「敵は一人だッ！」

「叩き斬れッ！」

浪人の振り下ろした刀が囲炉裏の火棚にガシャッと当たって、そこに乗っている物がバラバラと囲炉裏に落ち、その灰が薄暗い小屋の中に舞い上がった。

氏心の太刀が男の胸を一突きにする。

カッと目を見開いて即死の男が炉端に転がった。酒燗でもしたのか鉄瓶を下げた自在鉤が火棚と大きく揺れている。

氏心が囲炉裏の鉄火箸を握って、二本同時に頭らしい男に投げつけると、一本が男の目に突き刺さった。

その男の胴を氏心の剣が斬り抜いた。

「この野郎ッ、できるぞッ！」

「油断するなッ！」

霧のように灰が舞っている。

氏心は自在鉤を盾にして戦う。外に逃げ出した女たちが、驚いて重信を見たが泣きながら裸足で逃げて行く。

「村の者に助けてもらえ、足を怪我するな！」

女は意外に多く十人ほどだった。

「一乗谷の勢源道場に行け、そこにお幸という人がいる。そなたらの力になってくれるはずだ！」

着崩れた着物を引きずって、女たちが山道を駆け下りていった。

小屋の中は大混乱だ。氏心は右を斬り左を斬り、揺れる自在鉤を盾にしながら既に六人を倒した。

「ここでは駄目だッ、外に出ろッ！」

「よしッ、広いところだッ！」

浪人たちが次々と小屋から飛び出した。そこに重信が立っている。

「敵は二人だッ！」

「老師！」

氏心が浪人たちを追って小屋から飛び出してきた。

「爺ッ、邪魔だッ！」

「そなた、悔い改める気はないか？」

「うるさいッ！」

浪人が重信に上段から襲いかかる。

「愚か者が！」

乱取備前が鞘走って刀を握ったまま浪人の手首が斬り落とされた。ギャーッと叫んで浪人が道に転がる。

滝つぼに逃げた三人を氏心がザブザブ追って行った。

重信と二人の浪人が対峙している。

「見たか、命は取らぬが手足は斬る。悪行を生涯かけて償ってもらうぞ……」

「黙れッ！」

「それがしの名は神夢想流居合の林崎甚助だ。そなたらが斬れる相手ではない。引いた方がよいぞ……」

「は、林崎……」

「わしの名だけは知っているようだな……」

「うるさいッ！」

一人が襲いかかった。一閃すると重信は男の肘を「エイッ！」と斬り落とした。男がもんどりうって小川に転がった。

「そなた一人になった。どうするか……」

男が泣きそうな顔で重信の前に刀を投げ出した。

「助けてくれッ！」

「助けてもいいが、二度と悪事はせぬと誓うか？」

「誓うッ！」

「その証は？」

男は腰から脇差を鞘ごと抜いて重信の足元に投げた。その瞬間、乱取備前が一閃して男の親指を刎ね斬った。

「ウッ！」

男が痛みに耐えて手首を握った。

「これで縛れ、血止めをしろ。その親指が証だ。死んだらその手を閻魔《えんま》に見せて極楽を願え……」

滝つぼに逃げた浪人を追って、三人を斬り捨てた氏心がずぶ濡れで戻ってきた。

「終わったな？」

「はい、小屋の中で六人、滝つぼで三人を斬りました……」

「わしはここにいる三人だ。手首と肘、親指を斬り落とした。もう、剣を使うことはできぬゆえ命までは取らぬ……」

「女たちは下の村へ？」

「どこから攫《さら》われてきたものか、みな若い女たちだった。自分の村に戻ればいいのだが……」

二人が話していると若い村人が山道を駆け上がってきた。

「お武家さま……」

驚いた若者が辺りを見回している。

「お二人で？」

「うむ、小屋の中に六人、そっちはみな死んでいる。滝つぼに三人、生きているのはこの三人だけだ」

「乱暴はするし女を攫い、米、酒などを奪うので、村では困っていたのです」

村人が続々と滝に上ってきた。

「わしは一乗谷の富田勢源道場の者です。村の難儀を聞いてしたこと、生きているこの三人は殺さないでもらいたい……」

「わかりました。助かった。勢源入道さまのお弟子さまか？」

「はい……」

「お礼に行かねばのう……」

「もう使わないだろうからあの小屋は焼き払った方がいいな？」

「そうします……」

重信は加賀まで行くことを伝え、後始末を村人に任せて山を下りた。

剣禅一如

北国の山々には晩秋の色が広がっている。

重信と氏心は一乗滝から山を下りると、足羽川を越え、九頭《くず》竜《りゅう》川を越えて加賀に入り金沢に向かった。

そこには将軍家の剣術師範柳生宗矩が後に受ける石高一万二千五百石より多い、一万三千六百七十石の名人越後こと富田越後守重政がいる。この頃、どこの大名家でも剣術指南役の石高は三百石ほどであった。

将軍家は別格として、それをも凌ぐ一万三千六百七十石は破格に過ぎた。

越後守は十二歳の時、越前府中三人衆の一人、前田利家にその尋常ならざる剣の才能を認められ、子どもながら破格の百石で召し抱えられた。

その頃、越後守は山崎景邦の子で山崎与六郎と名乗っていた。

越後守は能登末森城に一番乗りしたのを皮切りに、小田原征伐や関ヶ原の戦いなどでも、目覚ましい武功を挙げて石高を増やす。

隠居後、大坂の陣に参陣すると、前田軍が豊臣方に襲われた。

大混乱に陥って前田軍は崩壊しそうになった。その時、左手に蠟燭を持ち馬に乗った越後守が現れる。

越後守は太刀を抜くと次々と敵を斬った。

「ああ、摩利支天さまだッ！」

味方が越後守を見て落ち着きを見せる。

蠟燭を持ったまま越後守は右に左に敵を十九人まで斬り伏せた。

まさに、鬼神の断魔の剣である。たちまち前田軍は落ち着きを取り戻して崩壊を免れた。

越後守を見て摩利支天と思ったのは、金沢城の鬼門である卯《う》辰《たつ》山に、前田利常の命で摩利支天堂を建立したのが越後守だったからだ。

大坂の陣で蠟燭を持ち、馬上から敵を斬り伏せる越後守を見た者は、金沢卯辰山の摩利支天さまだと言い、越後守を生摩利支天と呼ぶようになった。

その越後守には重家《しげいえ》、重康、宗高という三人の息子がいた。

嫡男重家が前田利家の孫娘を正室に迎えるほど、越後守は信頼されている。ところが、重家は一万六百石を貰いながら、わずか二十四歳で亡くなった。

今は次男の重康と一緒に越後守は住んでいた。

重康の剣も目を見張るほど強く、その強さは後に中風を患い病臥しても凄まじく、中風越後と恐れられる。

将軍家の剣術師範より大きい領地を持ち、加賀百万石の金沢城を守るように、大手門である尾坂門の前に越後守は住んでいる。

生摩利支天が金沢城を守っていた。

人々は畏敬の念を持って、その大きな屋敷を越後屋敷と呼んだ。

前田家に不敗をもたらす生摩利支天こそ、名人越後こと中条流小太刀の天才富田越後守重政なのだ。

その生摩利支天の教えは、平法と言い兵法とは言わない。それは戦わないことこそ前田家に不敗をもたらすという考えからだ。

重信は尾坂門の越後屋敷の前に立ち名を名乗った。

するとそのまま屋敷内に通された。門番にまで越後守の命令が徹底されている。門番は林崎甚助という名を知っているようだった。

大玄関に行くと越後守が立って待っていた。

「老師、遠いところをよくお出で下されました。江戸からですかな？」

「京からまいりました……」

「西国を回ってこられましたか？」

「はい、岩国まで行ってまいりました……」

「吉川家は片山伯耆流……」

「そうです」

越後守が重信と氏心を広間に連れて行った。

そこに当主の重康十六歳が出て来て挨拶した。越後守は重信が永の別れに来たとわかっている。

「京の吉岡流が兵法所を閉めたと聞きましたが？」

「憲法殿とお会いしてきました」

「確か、吉岡家は代々染物をしているとか？」

「そうです。憲法染とか憲法黒と言われ、公家や武家などからも注文があるようです」

「憲法黒ですか……」

越後守は剣客として重信の人柄、力量を最も高く評価している一人だ。

神夢想流居合という剣の新分野を切り開いた功績は、剣術だけでなく武道においての金字塔だと思っている。

剣術の三大源流に加え四大源流といえる特筆だ。

その上、主家の楯岡家の恩義を忘れず、決して立身出世を望まず二君に仕えることなく、神夢想流居合を天下の流儀にすることに生涯をかけた。

これまで誰もなしえなかったことだ。

鹿島新当流の塚原卜伝翁も、新陰流の上泉伊勢守も一城の大名で、廻国修行には数十人の家臣を連れていた。

柳生新陰流の柳生石舟斎も、柳生の荘という領地を持っていたが、神夢想流居合の林崎甚助だけは、腰の乱取備前だけを頼りに生きてきた。

その精進が実を結び、既に多くの流派の中に居合が受け入れられている。その嚆矢《こうし》が林崎甚助だ。

さすがの越後守も、江戸期において二百とも三百とも五百ともいわれる剣の流派に、神夢想流居合が取り入れられるとは想像できなかった。

「居合は仏家の禅と同じにて武道の根源、処世の大道である」

「居合は己の心に勝つことである」

神夢想流居合の極意「剣禅一如」という重信の思想は剣の究極でもある。

それは重信、幼名民治丸《みんじまる》がわずか六歳の時に父を失い、林崎の熊野明神に生きる道を願い、死の淵でスサノオから居合を神伝され、そして、楯岡祥雲寺《しょううんじ》の大中楚淳《そじゅん》大和尚に禅を学んだ中から生まれた。

そして民治丸を庇護してくれたのはただ一人、楯岡城主の楯岡因幡守だった。

因幡守から乱取備前を拝領して旅に出た。既に五十年余が過ぎた。その民治丸が死を悟り初生の地に帰る。

「剣禅一如」

重信が辿り着いた最後の答えだ。

今、すべての使命を終えて初生の地に戻る。齢七十六歳、遠い、遠い、遥かに遠い民治丸の七十年の旅が終わる。

越後守には重信の苦難の道が理解できた。

剣の道を志しながら幾百、幾千、幾万、どれだけの剣士が、志を半ばにして路傍に倒れたことか、その道の険しさを越後守はわかっている。

ただ一つ、越後守が納得していないのは、重信が武蔵を斬り捨てなかったことだ。

その越後守の気持ちを重信は理解している。

巌流の兄弟弟子である越後守としては当然のことだ。一乗谷の富田勢源も巌流の師として、武蔵に騙されて巌流小次郎が舟島で倒れたこと、重信が武蔵仙波ヶ原でその武蔵と立ち合ったが、剣友新免無二斎の息子であるとの理由で殺さなかったことなど、すべてを聞き知っていながら、お幸と重太郎のことを考え口にしなかった。

巌流にかかわった人々の、そんなそれぞれの思いを重信はわかっている。

武蔵を殺さなかったことが間違いとは思わない。だが、富田勢源、鐘捲自斎、お幸、それに越後守の恩義に応えられなかったことも事実だ。最早、済んでしまったことで、何もいわない勢源や越後守の、深い思いやりに感謝するしかない。

乱暴者の武蔵が、富田勢源や、生摩利支天と尊敬される加賀百万石前田家の守り神、富田越後守と将軍家の剣術師範、柳生宗矩を怒らせたことは、取り返しのつかない致命傷となった。

そんなことも分からず将軍家の剣術師範になりたいなど、言語道断、笑止千万、何も知らない田舎者の無頼漢に過ぎない。

将軍家の剣術師範どころではないのだ。武蔵を仕官させる大名家などもうどこにもない。

武蔵を仕官させた大名は、江戸城に登城して、前田家や柳生宗矩から「どのようなご事情かお聞きしたいが？」といわれただけで震え上がるだろう。

それがわからないようでは大名などやっていられない。

「客人として話を聞いているだけにござる」

ぐらいならまだいいが、答え方によっては改易はないまでも、移封や減封は覚悟しなければならないだろう。

剣士は一度卑怯者の烙印を押されると、それを取り去ることは至難である。強ければいいという乱暴者はそこがわかっていなかった。強さの上に優しさや思いやりや徳が必要だと考えられない愚か者だ。

越後守や宗矩ににらまれたことは奉公構より厳しいことになっている。

結局、武蔵は望んでも生涯どこの大名家にも仕官できず、最後は九州肥後熊本城の客人として終わる。

武蔵の乱暴の代償はあまりに大きかった。

それに気づき人を斬らなくなった時には、すでに万事休していた。悪名の烙印は洗って落ちるものではない。

人の世にはそういう間違いが少なくない。それを防ぐには親だけでなく師が必要であるという。

「老師にお教え願いたい。仏心鬼剣とはいかに？」

禅問答のような問いである。

「剣を抜かぬことでござる。仏の剣は人を斬るに非ず、慈悲を著す剣にございます」

「なるほど、仏は剣を抜かぬ……」

越後守の平法、戦わぬことに等しい。

「老師の禅は曹洞《そうとう》禅とお聞きしましたが？」

「はい、出羽楯岡の祥雲寺は能登総持寺の二世、峨山《がさん》禅師の流れですので……」

「無《む》一物《いちもつ》中《ちゅう》無《む》尽蔵《じんぞう》……」

「はい、何もないからこそすべてがあるとの教えかと……」

「なかなかに難しい悟りにて……」

「それがしは、神との約束を果たしましたので、剣を置こうかと思います」

「無一物に……」

越後守は目頭が熱くなるのを感じた。

神の剣士がついに一剣を置くという。「神になられるのか……」と、老剣士越後守は見た。

その二人の話を部屋の隅に控えて氏心が聞いている。

天下一の剣客、生摩利支天の富田越後守重政と、初生の地に戻り、神にならんとする剣士林崎甚助重信の静かな対決だ。

殺気も緊張もない。穏やかな秋の夕暮れに加賀の国は染まっていた。

加賀百万石は加賀、能登、越中を領している。

能登の総持寺や越前の永平寺は曹洞禅の里で、越後守が生まれ育った国であり、深くなじんできた山々である。

「老師、長々とお世話になりました……」

「勿体ないお言葉にございます。一乗谷のお幸と重太郎のこと、くれぐれもお願いいたします」

「承知してござる。二人のことは伯父上から伺っておりました」

「厄介をおかけいたします」

重信が越後守に頭を下げた。

「お気遣いなく、二、三年もすればお幸殿と重太郎を、この金沢に引き取りましょう。良い旅を……」

越後守は伯父の勢源が九十歳を過ぎ、そう長くは生きられないと思っている。重信は越後守の配慮に深く感謝した。

「来春までこの金沢に滞在されてはいかがですか?」

「かたじけなく存じます……」

重信は越後守に金沢での滞在を勧められたが、体調に不安もありそれを辞退し、越後屋敷に泊まることなく城下の旅籠に入った。

旅の途中では倒れられない。

林崎熊野明神の奥の院でスサノオに会わなければ終われない旅だ。

翌朝、まだ暗いうちに旅籠を出て北に向かい、浅野川を越えて行くと後方から十騎ほどの騎馬が追ってきた。

重信と氏心が路傍に立って笠を取ると、越後守と息子の重康が騎馬隊を率いてきたのだ。

「老師……」

越後守が馬から飛び降りた。

親不知

二人の老剣客は浅野川の土手に腰を下ろして別れの盃を交わした。

「この先には親不知《おやしらず》、子不知《こしらず》の難所がござれば気をつけられて……」

「話には聞いておりますが……」

「断崖の下の海の道にて、海が荒れると通行できません」

「山塊が海に突き出していると聞きました」

「そうです。飛騨の山が越中と越後の国境の海に、ドッと崩れ落ちた場所がその難所です」

加賀前田家が参勤で江戸に出る時、金沢から北に向かい親不知を越えて、上杉謙信《うえすぎけんしん》の春日山城下から高田城下に向かい、妙高、野尻、善光寺、上田、中山道追分宿に出る道を使う。

この道は金沢から追分宿まで八十四里である。

他には金沢から南に向かい越前今庄から関ヶ原に出て、美濃から尾張名古屋で東海道を東に行く道もある。

だが、この道は善光寺街道より倍近く遠回りになる。

そればかりではなく越前には特別親藩の松平家があり、尾張には御三家の徳川家があって通行させてもらう挨拶が面倒なのだ。

道中で通行するため二度も頭を下げるのは、天下一の大名前田家としてはおもしろくない。

善光寺街道であればそういう厄介なことがない。

親不知で大規模な崩れでもない限り、前田家の行列は善光寺街道を使う。それでも四千人からの大行列を通すのは難儀だ。

親不知、子不知はほぼ四里の海の道だ。

五百人、六百人の人足を波消しのために渚に並べ、人垣を作って波濤の消えた浜辺の砂利道を、大行列が走るのだから実に難儀だ。

越後守は何度もその指揮を執ってきた。失敗すると何人も波にさらわれて死ぬことになる。

従って、江戸でなにか異変でもない限り、冬や春の北風の時期の前田家は金沢から動かない。

雪をかき分けて越前から関ヶ原に出る道も豪雪で冬はほぼ使えない。

「この季節であれば北の海にはまだ大波は寄せないでしょう」

越後守がそういったのは、まだ、強い風の吹く季節ではないということだ。雪混じりの寒風は人を殺す。

「お別れする前に是非これを見ていただきたい……」

重信が腰から粟田口藤四郎の脇差を鞘ごと抜き取った。

「京の吉岡憲法殿から預かりました粟田口藤四郎です」

「粟田口？」

越後守が驚いて重信を見た。

「吉岡流の流祖、直元さまが将軍義晴さまから拝領した名刀であると、本阿弥光悦殿が鑑定しました逸品です」

「何んと本阿弥が。粟田口は前田家にも、利家さまが太閤さまから下賜された短刀がありますが脇差とはまことに珍しい……」

「それがしのような浪人には身分不相応なのですが……」

「いや、刀には品格というものがござる。人が刀を選ぶのではなく刀が人を選ぶのでござる。粟田口藤四郎が老師を選ばれたのです。拝見しましょう」

越後守が懐紙を口にくわえ、鯉口を切ってゆっくり朝の光を吸わせるように粟田口を抜いた。

「直刀……」

浅野川の朝日を映すようにキラリと粟田口が光った。

「梨子地肌の名品……」

「一尺二寸四分だそうです」

「短めですが脇差として充分でしょう……」

中条流小太刀の名人の言葉で、使いやすい長さと見たのだ。懐紙の上に粟田口を寝かせて刀の両面を確かめ、鞘に戻して重信に脇差を返した。

重信は越後守に見送られて北に向かい出立する。二人の剣豪は別れがたい刻を浅野川の土手に過ごした。

加賀から越中に入り国境の親不知、子不知を越えて越後に入る北国街道だ。

越後春日山城の不敗の軍神上杉謙信が、大軍を率いて上洛しようとしても、それを阻んだのが天嶮《てんけん》親不知だった。

その親不知は魚津の先、市振《いちぶり》村から歌村までをいう。

飛騨の山が越中と越後の境を海に崩れ落ちる。その断崖はほぼ二百二十間の絶壁まで波に削られた。

歌村から北の勝山村までを子不知という。

親は子を、子は親を顧みる余裕がないほど険しい道と恐れられた。

古き頃、西国壇ノ浦の唯一の生き残り、平家の頼盛が鎌倉に許されて越後に落人となった。

京にいた妻は恋しい頼盛を慕い越後に向かったが、そこには恐ろしい海の道があり、二歳の子を波にさらわれてしまう。

「親不知子はこの浦の波枕越路の磯の泡と消えゆく」と、悲しい歌が残る。

「潮が引き始めたぞッ！」

「走れッ！」

市振村で引き潮を見計らっていた旅人が駆け出した。

「老師、まいりましょう！」

「先に行け、親不知、子不知だ……」

「老師……」

「大丈夫だから……」

「そのようなことはできません！」

氏心が頑固に言う。

「そうか、では急ごうか……」

七十六歳の重信が海の悪路を走ることはできない。それでなくても不安を抱えている体なのだ。

一人、二人、三人と重信を追い越して旅人が駆けていった。

「みな元気がいいのう……」

重信は暢気なことを言って親不知の道を急いだ。

時々、大波が来ると崖の下に寄って波をやり過ごす。より大きな波が来ると洞窟に逃げるのだという。

「老師、一休みしましょう」

「いや、大丈夫だ。親不知、子不知は四里ほどだというから急げば一刻半ぐらいだろう……」

「はい……」

「足をくじかぬようにな……」

「はッ！」

旅人が次々と二人を追い越して行った。

旅人が洞窟の入口で波を避けて休んでいる。崖の岩に南無遍照金剛と彫られ波よけ不動がある。

親不知浄土崩れという。

「この悪路では急いでも同じだな……」

「はい、この石ころ道は波より危険です」

「そうだな……」

暢気な師弟が足元まで来る波を気にしないで先を急いだ。

巨大な断崖が覆いかぶさっていて洞窟以外逃げ場がない。人が波に攫われるというのも納得できる。

歌村を通過して子不知の鬼ヶ鼻を急ぎ姫川に出た。

この川には糸魚《いとよ》が多く住んでいて後世に糸魚の川と呼ばれた。ちなみに糸魚川《いといがわ》という川は存在しない。姫川である。

弘法大師空海が竹に糸を巻いて、川に投げたらそれが泳ぎ出したという伝説がある。

二人は姫川を越えて越後春日山城下に向かった。

上杉家

直江津の手前を春日山城下に入った。

春日山城は上杉謙信の死後に甥の上杉景勝《かげかつ》が入り、景勝が秀吉の命令で会津に移されると、その後に堀秀治が北ノ庄から三十万石に加増されて入った。

秀治の父秀政は小田原征伐の折に病で陣中死。その恩賞の三十万石でもある。

だが、堀秀治は慶長十一年五月に三十一歳の若さで死去し、翌慶長十二年に春日山城は廃城になった。五年前である。

重信の見た春日山城は廃城になった城だ。

不敗の軍神と言われ、毘沙門《びしゃもん》天の化身と自ら信じた上杉謙信の息吹はもうない。

重信と氏心の二人は信濃に出るため高田城下に向かった。妙高を越えて野尻に出れば信濃である。

山を越えて善光寺に向かった。

善光寺までくれば中山道追分宿までは十七、八里だ。

追分宿から東に向かい、一ノ宮や江戸には向かわず信濃から上野に入り、下野宇都宮まで行き奥州《おうしゅう》街道に出た。

重信と氏心の二人旅も出羽に入れば終わる。

九月の半ばを過ぎ北国の山々は錦秋に彩られている。黄金の実りの秋が過ぎればすぐ雪が来る。

二人は奥州街道を北上して猪苗代《いなわしろ》湖畔の赤井村に向かった。

重信は赤井村の小川弥左衛門家に、一晩だけ世話になって翌朝には白布峠に登っていった。

薫の面影が残る会津と米沢の境の峠だ。

出羽は白布峠から始まる。

アイヌは霧氷のできる場所をシラブといい、いつの頃か白布と当て字を使うようになった。

錦織りなす白布の秋は美しい。

冬を越すため猿たちも枝を揺らしながら餌を取るのが忙しいのだ。

「出羽に入ったな……」

重信が峠で立ち止まった。

「米沢上杉藩にございますか？」

「うむ、関ヶ原の戦いがあって、上杉景勝さまが会津から米沢に移された」

名門上杉家は苦しい中で乱世を生き延びた。

景勝は秀吉に気に入られ、家康と伊達政宗を監視する役目を与えられ、越後から会津百二十万石へ移された。だが、秀吉が亡くなると関ヶ原の戦いのきっかけを家康に与えてしまう。

上杉景勝と家臣の直江《なおえ》兼続《かねつぐ》は家康に抵抗。

だが、家康方の伊達や最上との戦いの末、家康に降伏して米沢三十万石に減封される。実高は五十一万石という。

減封されても上杉家は百二十万石の家臣を率いて米沢に入る。

浪人を一人も出さなかったのは名門上杉の意地であろう。その景勝は六十三歳で健在だった。

直江兼続も五十八歳で米沢城にいた。

「この下に温泉がある……」

重信は遥かな昔に、米沢から森栄《もりえい》左衛門《ざえもん》や薫と赤井村まで旅したことを思い出す。

「行こうか？」

「はい……」

重信と氏心が峠を下りて行くと、上杉家の家臣が十人ほど兵を率いて道を塞いだ。

「失礼ながらどちらに行かれるのか？」

「米沢を通って楯岡までまいる」

「楯岡？」

上杉家の家臣は師弟を怪しんでいる。この白布温泉には上杉家が、慶長三、四年頃から秘密の鉄砲製造所を作っていた。家康が江戸幕府を開いた頃だ。

一年前にその鉄砲製造所は閉鎖されたが警戒が続いている。

重信と氏心が幕府の探索方の密偵と間違われたようだ。徳川幕府のもとで上杉家も生き残りに苦労している。

泰平の世に鉄砲の密造など厳禁だ。見つかれば謀反といわれかねない。

「このような山奥を武家が通るとは……」

「上杉家の方々か？」

「そうだ！」

兵は槍や鉄砲で武装している。

「以前にここを通りましたので……」

「怪しい者はここから先は通せぬ決まりだが、名を伺えるか？」

二十二、三と思える若い武家が力んでいる。二丁の鉄砲の火縄が煙を上げて燻《くす》ぶって、いつでも撃てるということだ。なんとも物騒だ。

「怪しい者ではありません。それがしは神夢想流居合の林崎甚助と申します」

「ゲッ、は、林崎……」

「生まれ故郷の楯岡に戻る旅です」

「おいッ、誰かッ、宗兵衛《そうべえ》殿を呼んで来いッ！」

「はッ！」

兵が一人、転がるように坂道を駆けて行った。

「床几《しょうぎ》を持ってこいッ！」

若い武家が重信の名前を聞いて大慌てだ。

「どうぞ、こちらへ……」

路傍に床几が置かれ老人の重信に勧める。態度が一変して低姿勢だ。そこに数人の武家が息を切らして上ってきた。

「宗兵衛殿ッ、こ、こちらが神夢想流の林崎甚助さまというのだが？」

「お爺さま？」

「うん、どうする？」

「大丈夫だ……」

「お爺さま……」

宗兵衛が重信の前に歩いてきた。

「昌信《まさのぶ》か？」

「はい、宗兵衛昌信と名乗っております」

「そうか……」

宗兵衛は薫が産んだ重信の次男元信《もとのぶ》の息子で、重信は一度会っている。三十を少し超えたはずだ。

「元信は達者か？」

「はい、隠居しました」

「そうか、温泉に入ろうと赤井村から上ってきた。泊まれるか？」

「はい……」

上杉家の家臣と兵が取り巻いている。

「宮脇《みやわき》殿、それがしのお爺さまでござる……」

「うむ、承知ッ、宿の支度をいたす！」

「かたじけない……」

重信が床几から立つと「関口殿だ……」と氏心を宗兵衛に紹介した。

宮脇という若者が坂道を駆け下りて行った。

警備の兵たちは峠道に残って重信を見送る。神の剣士林崎甚助の名は出羽の伝説になっている。

「ずいぶん厳しい警戒だな？」

「はい、これでも警備は緩くなりました」

「そうか……」

重信はなぜだとは聞かない。

大名家には聞かれたくない秘密が一つや二つはあるものだ。

「仙台の幸信《ゆきのぶ》のことは聞いているか？」

「はい、叔父上も元気にございます。昨年、お婆さまの墓参に見えられました」

「そうか、幸信が薫の墓参りに来たか……」

既に、重信の三人の息子は五十歳を超えている。剣客の息子であれば何もしてやれなかった息子たちだ。

その夕刻、重信の宿に宗兵衛が現れ、祖父と孫が一緒に夕餉を取った。

上杉家が新たな家臣を取るのは珍しい。ほとんどが越後春日山城の謙信以来の家臣である。

元信の仕官は林崎甚助の息子というのが大きかった。

翌朝、見送りに現れた宗兵衛に、氏心が神夢想流居合の水月《すいげつ》を伝授した。

重信が白布温泉からほぼ五里半、山を下りて米沢城下の森家に行くと、薫の弟の惣《そう》太《た》郎《ろう》が栄左衛門を名乗ってまだ健在だった。

上杉家は会津百二十万石から米沢三十万石に減封されたが、それでも実高が五十万石以上あってそれなりの力を維持できた。

ところが、景勝の孫綱勝《つなかつ》が江戸で、上杉一族の吉良《きら》上野介《こうずけのすけ》義央《よしひさ》の屋敷の饗応《きょうおう》を受けた直後に二十七歳で急死する。

綱勝の妹富子が上野介に嫁いでいた。

あまりに突然なことで、吉良上野介による上杉綱勝の暗殺だと騒がれた。

この上野介という男は高家筆頭でありながら、人柄が悪いのか人望がないのか悶着がつきもので、この後、元禄に入って赤穂《あこう》浅野家の内匠頭《たくみのかみ》と大問題を引き起こすことになる。

急なことで上杉家は後継者が決まっておらず断絶しそうになる。

その時、名門上杉の断絶を二代将軍秀忠の隠し子だった保科正之《ほしなまさゆき》が惜しみ、例外として末期養子を認めて上杉家を助ける。その末期養子が上野介と富子の間に生まれた二歳の綱憲《つなのり》だ。

この時、幕府は上杉家を十五万石に半減させる。実高は二十八万石だった。

それでも、家臣の召し放ちを行わずに抱え込んだ。

そのため上杉家は急激に財政が逼迫《ひっぱく》し、名君上杉鷹山《ようざん》が現れるまで大困窮することになる。

重信は森家に泊まり、翌朝、栄左衛門こと惣太郎と元信、宗兵衛の嫁と生まれたばかりの赤子と一緒に、先代栄左衛門と薫の墓参りに行った。

墓参を済ませ屋敷に帰って楯岡に戻るため支度をしていると、米沢城から重信を呼び出す使者が飛び込んできた。

急遽、重信は氏心と使いの案内で登城する。

本丸の大広間に通されると重信は仰天した。

直江兼続の傍に、死んだと思っていた越後の怪物、軒猿《のきざる》の頭領加藤段蔵《かとうだんぞう》が座っていたのだ。

その前に進んで重信が座った。重信の後ろに氏心が控える。

「お召しにより参上いたしましてございます」

直江兼続に挨拶した。

目を瞑った段蔵は眠ったようにびくともしない。

「直江です。ご苦労に存じます。白布から知らせがありましたので、突然ですがお招きいたしました。楯岡にお戻りとか？」

「はい、長い旅にございました」

「すぐ、殿がまいられる……」

直江兼続はこの二年後の元和五年十二月に江戸の上杉屋敷で死去する。

兼続と正室お船《せん》の間にできた唯一の子は病弱で、既に二年前に二十二歳で亡くなっていた。

直江家は本多家との養子の話がうまく進まず断絶することになる。

会津百二十万石の大大名だった上杉景勝が、前触れもなく小姓一人を連れて主座に現れた。一同が平伏する。

「面を上げよ……」

野太い声だ。重信が顔をあげると景勝がにらんでいる。

「老師、江戸で前田家の富田越後守と将軍家の柳生宗矩から話を聞いた。会いたいと思っておったところだ。よくまいられた……」

「恐れ入りまする。中納言さまには倅をお取立ていただき深く感謝申し上げます」

「うむ、元信のことだな」

「はい、白布で孫の宗兵衛にも会いましてございます」

「それはさっき聞いた。白布はもう閉鎖したのだが、あそこでは幕府に秘密で鉄砲を作っておったのだ」

大胆不敵にも景勝が秘密をサラッと喋ってニッと笑う。秀吉に百二十万石を出させるだけの値打ちのある豪胆さだ。

「なるほど、鉄砲にございますか……」

「十年ほどでだいぶ作ったからもう不要でな」

「宗兵衛に後始末をさせております」

兼続が言った。

「老師、上杉の家臣の俸禄は他家の半分だ。苦労を掛けておる」

「勿体ないお言葉にございます。武家の奉公は禄高にあらずかと存じます」

「うむ、忠義は禄高にあらずというか。なるほどな、どうだ段蔵、老師と立ち合ってみるか？」

「殿、軒猿も年を取ればただの人、老師にあばら骨でも折られては一大事にて、若い者に指南いただければと……」

「そうか、老師、それでいいかな？」

「はい、結構でございます」

重信が了承すると部屋の入口に控えていた近習が廊下に出て行った。段蔵がうまく逃げた。

「老師は以前から段蔵と縁があったそうだな？」

「はい、それがしの弟子に北条家の風魔《ふうま》がおりましたのでその縁にございます」

「ほう、風魔とは軒猿の天敵だな……」

越後の上杉と相模の北条は何度も戦ってきた。上杉謙信が十万の大軍で小田原城を包囲したこともある。

謙信の小田原包囲はうまくいかなかった。

その上杉家には加藤段蔵が率いる軒猿、北条家には風魔小太郎こと風間《かざま》出羽守が率いる風魔がいた。

互いに譲らない忍びの集団だ。

それに武田家の三ツ者を加えて壮絶な殺し合いをしてきた。景勝はそのことを言っている。

重信は突然、東海道で段蔵に会って以来、死んだものとばかり思ってきた。

ところが生きていた。その段蔵は上杉謙信と景勝の二代に仕えてきた恐怖の軒猿の頭領だ。

目を瞑って話を聞き、喋るだけ損だという顔で面倒くさそうに目を開く。

段蔵が幾つなのかは誰も知らない。

おそらく、本人も自分が幾つなのかわかっていないのだ。直江兼続も無口で景勝と重信の話を黙って聞いている。

しばらくすると、さっきの近習が戻って来て「庭に支度が整いましてございます」と告げた。

今や重信の神夢想流居合は知る人ぞ知る天下一の剣だ。

立合に選ばれた上杉家の家臣五人のうち、四人を氏心が相手にして重信は一人だけにする。

中には明らかに軒猿とわかる癖の強い剣を使う家臣もいた。

名門上杉家の家臣らしく五人とも強いが剣も槍も氏心に倒され、最後の一人は重信が神夢想流居合の秘剣である無明剣《むみょうけん》で倒した。

三章　天人は五衰する

神の帰還

米沢城下から山形城下まではほぼ十二里ある。

重信と氏心が米沢城を辞したのは昼過ぎだった。上杉景勝は御前試合に上機嫌で、重信は景勝から昼酒を頂戴した。

氏心を気に入ったようだが仕官の話は出なかった。

家康によって会津百二十万石から米沢三十万石に減封され、家臣を召し放ちにしないのだから苦しくなる。

元信や宗兵衛のように六、七十石ならどうにかなるが、上杉家の剣術師範となれば最低でも百石、できれば他大名との体面上二、三百石は必要だ。

名門上杉家ともなれば五百石と言いたいところである。

だが、そんな余裕はどこにもない。

重信は米沢城を出ると羽州街道を北上、大急ぎで上山《かみのやま》城下に向かい夜遅く二人は温泉宿に入った。

出羽に入ってから老剣士の胸がザワザワと泡立っている。

さほど急ぐ旅でもないのに、九里の道を上山城下まで大急ぎで来てしまった。フッと重信が興奮している自分に気づいてニッと笑う。

「未熟なものよ……」

何年経っても故郷は懐かしく思い出の地だ。

楯岡には重信を待っている深雪がいる。そう思うと神の剣士もただの人になってしまう。

重信はすべての修行を終え、七十六歳にして大いなる山河に戻ってきた。

上山温泉から山形城下まではほぼ三里、山形城下から楯岡城下までは七里ほどだ。

はっきりと旅の終わりが見えてきた。

翌朝、上山城下を発った重信は山形城下の豪商長谷川《はせがわ》家に立ち寄った。かつて鶴脛《つるはぎ》の湯で出会い、重信を山野辺城主山野辺義忠に引き合わせた伝左衛門《でんざえもん》の家だ。

山形城は巨大な平城で東国では江戸城に次いで大きい。最上義光が造り上げた城下町で、羽州街道に五間間口の商家が甍《いらか》を並べている。

長谷川伝左衛門は既に亡くなっていた。

二人は山形城下から足を延ばして天童城下の旅籠に入った。

天童城は天正十二年（一五八四）に最上義光に攻められ、落城してしまうとその後は廃城となっている。

天童城が復活するのは、天保元年（一八三〇）に織田信長の次男信雄《のぶかつ》の一族、織田信美《のぶかず》が出羽の高畠から二万石で移転する時だ。

天童織田藩は小藩のため、たえず財政難で藩主は苦労するが、明治まで織田家は存続した。明治二年に明治天皇は信長を勤皇と認め、秀吉の豊国、家康の東照と同じ建勲という神号を下賜した。

織田家は翌明治三年には天童城址に信長の建勲《たけいさお》神社を建立する。

重信の五十数年に及ぶ廻国修行の旅は、天童城下から楯岡城下までの三里半だけになった。

一剣を以て大悟できるかという重信の答えは「剣禅一如」である。

剣は禅であるという究極だ。重信は剣を置いて禅の極意「無一物中無尽蔵」に入る覚悟だ。

重信が戻ってきた出羽の国は、最上義光が五十七万石の大国に育てたが、義光は三年前に亡くなり次男家親が家督を相続した。

その五十七万石の大国は、義光の聡明さと卓越した手腕によって維持されてきた。

五十を超える支城を抱え込んで最上家はまとまりがなかった。

米沢城の上杉家は百二十万石から三十万石に減封されながらも、家中が結束して苦境を乗り越えようとする。

最上家は五十七万石にまで大きくなりながら上杉家とはまるで逆だった。

その危険が萌芽しようとしている。

翌朝、重信と氏心は天童城下をまだ薄暗いうちに出立した。もう十月に入っていた。出羽の山々が煌《きら》びやかな錦をまとって深く輝いている。

二人は午前巳《み》の刻に楯岡城下に入った。

この頃、楯岡城はまだ廃城にならず、最上家の城番が入って年貢などの徴収を行っていた。

今は最上家親の弟で義光の四男である山野辺義忠三十歳が入っている。

実はこの年の春、三月六日に義光の後継の家親が突如死去したのだが、その死について忌まわしい噂が飛んだ。

家親が鷹狩りに来て、楯岡城で義光の弟に当たる叔父の光直五十九歳や山野辺義忠の饗応を受け、その晩に突然もだえ苦しみ悶死したというのだ。

光直と義忠が毒殺したという。

だが、幕府の記録では猿楽を見ながら頓死、人みなこの死を怪しむとあり、江戸で死んだことになっている。

三十六歳の不思議な死は秘密にされたのであろうが、その死の異常さから、何らかの謀略があったのではと考えられて当然だ。

後継者には嫡男義俊十二歳がなったが、五十七万石の大大名家の当主としては幼すぎると異論が出た。それがまずい。こういう時は黙って一致団結すべきなのだが、誰かが知ったかぶりで異論をいうと家が大きいだけに四分五裂になる。

その義俊にも暗愚だとか、酒色に溺れる愚か者だなどの良からぬ噂が飛び交った。

そう唱えたのが義光の弟光直だという。

最上家は義光の嫡男義康《よしやす》が家臣に騙され自害、三男義親《よしちか》は大坂方と通じているとして兄家親に誅殺されるなど、大大名家としては騒動が多い。家親も毒殺の疑いでは最上家の存続すら危うい。

光直はこの翌年に楯岡甲斐守光直と名乗って城主になるが、既に、最上家の実力者として楯岡、湯沢、楡山《たもやま》、林崎、大石田、井出、深堀など米の取れる豊饒《ほうじょう》な七ヶ村一万六千石の領主のように振る舞っている。

結局、まとまりのない最上家は甲斐守光直が推す山野辺義忠派と、義親の嫡男最上義俊派に分裂した。

山野辺義忠は最上義光が大石田深堀郷に美女がいると聞き、美女狩りをして手に入れた側室に産ませた子であった。

最上家の改易後に将軍家光は義忠を水戸頼房に預け、一万石を与えて御三家水戸藩の家老とする。

後に水戸光圀の教育係になるなど幕府に近い人物だった。

それもそのはずで義忠は関ヶ原の戦いの折、最上家から人質として家康に預けられ、そこで聡明さを家康に認められている。江戸から戻った義忠は山野辺家一万九千三百石を継いだ。

その義忠を後継にしたい家臣が圧倒的に多く、最上家を滅ぼすことになる最上騒動へと突入する。

そういう騒ぎを幕府が最も嫌うと気づいていない。

義忠が幕府に近いだけに、その裏に五十七万石の取り潰しを狙う、将軍と幕府の影がチラつくのだ。

最上家改易時に、義俊が壮年になったら六万石に復するという仲介案もあった。

だが、それも義俊が近江大森一万石の大名として、二十六歳の若さで死去したために果たされない。

義俊の嫡男義智は翌年まだ二歳だという理由で五千石を召し上げられ、五十七万石の最上家はあっという間に、五千石の交代寄合旗本に落され家臣団は散りぢりになる。

そんな最上家の混乱の中に重信は戻ってきた。

懐かしい甑岳《こしきだけ》は燃えるような錦に包まれていた。美しき神々の山だ。

重信は何はさておき城下外れの林崎熊野明神に詣でた。熊野明神の別当祠官二十一世藤原義貫《よしおき》は天正五年に亡くなり、嫡男の二十二世義祐《よしすけ》は慶長八年十一月に亡くなっている。

その義祐の嫡男は若いが二十三世別当祠官を務めていた。

重信は願って三十日参籠に入り、氏心は藤原家に宿泊して参籠の重信の世話をすることになった。

神殿には重信が父の仇討に使い、本懐を果たした後に奉納した初代信国三尺二寸三分の大太刀がある。

林崎熊野明神の祭神スサノオに授けられた、神夢想流居合の発展を報告する時が来た。

スサノオと重信の話し合いが始まった。

神が死を求めるならその覚悟はできている。

母の志我井を失い、薫を失い、お道と阿国を失った重信が、ようやくスサノオの元に戻ってきた。

今や神夢想流居合は天下の剣といえるまでに流布している。

重信はスサノオとの約束を果たした。

「神はまだ何を求めるのか？」

七十六年の生涯を振り返り、重信の喜びも悲しみもすべてを知る神と対座する。

神社からの使いで重信の帰還を知った深雪こと妙穐尼、重信の長男甚助勝信《かつのぶ》と妻のお里、深雪の弟菊池半左衛門《きくちはんざえもん》、小兵衛《こへえ》の妻小梅《こうめ》など三十数人が、神社の境内に集まったが参籠中の重信には会えない。

重信の父数馬《かずま》の仇討の旅に、いつも重信と同行した小兵衛は既に亡くなっていた。深雪の祖父も父も既にいない。楯岡家は出羽本庄に移って重信の知己は一人も残っていなかった。

そんな中で、重信が参籠している間に毎朝境内に姿を見せる兄妹がいた。

その二人は小兵衛と小梅の孫の庄助《しょうすけ》とお染《そめ》だった。二人は小兵衛と両親を失い祖母の小梅と三人で暮らしている。

兄妹は三年前に亡くなった小兵衛から重信のことを詳しく聞いていた。

「京の清水寺で仇討をされた民治丸さまは美しく、ここの林崎神社の神さまのようだった……」

小兵衛の口癖で二人はいつもそう聞かされた。

「民治丸さまは百日参籠をして一度死んで、スサノオさまに生まれ変わらせてもらったのだ……」

何度も何度も小兵衛は同じことを孫に話して聞かせた。それが唯一小兵衛の自慢の話だった。

毎日早朝から境内に現れる庄助は十四歳、お染は十一歳だった。

「そなたら毎日ここへ来るが、老師は参籠中で会うことはできないよ……」

「わかっているよ……」

「名前は？」

「庄助、妹はお染だ……」

兄の庄助が仏頂面で氏心に答えるとお染が「うん……」とうなずいた。

「わしは関口弥六右衛門という老師の弟子だ……」

「関口さまは神さまの弟子か？」

「神さま？」

「民治丸さまは神さまだと爺から聞いた……」

「そなたのいう民治丸さまとは老師のことだな？」

「うん……」

お染がうなずいた。

「参籠はいつまでだ？」

庄助が怒っているような仏頂面で聞く。

「参籠は三十日だ……」

「わかった。それなら毎日来る！」

庄助がお染の手を握って境内から走って行った。二人の子どもを氏心が神殿の階の上で見ていた。

木通の杖

三十日参籠の間にスサノオの言葉はなかった。

神殿から出てきた重信は氏心に支えられ、白髪に白眉、白髭で妙穐尼が縫った白い着物に、月心尼《げっしんに》が残した楯岡因幡守の青い陣羽織を着ている。

十一月になって北からの風が冷たい。

重信は甑岳の麓の月心庵まで氏心と庄助に支えられ自力で歩いた。

そのまま褥《しとね》に横になって妙穐尼と氏心が世話をした。

月心庵は月心尼も祥山尼《しょうざんに》も浄光尼《じょうこうに》も亡くなり、妙穐尼は庄助とお染の姉のお良《よし》と暮らしている。

その夜、重信が目を覚ますと枕元に妙穐尼とお良が座っていた。

「深雪……」

「はい、お目覚めですか？」

「うむ、ここは月心庵だな？」

「はい、粥でも召し上がりますか？」

「うむ、もらおうか……」

居眠りしていたお良が目を覚まして粥の支度に立って行った。

「お弟子さんは勝信の家に泊まっています」

「そうか……」

妙穐尼の手を借りて褥に起き上がった。

「よくお帰りになられました。お待ちしておりました……」

陣羽織を着せて妙穐尼が重信の肩を抱いた。

「苦労を掛けたな……」

「いいえ、ここであなたさまの無事を祈っていただけでございますから……」

「長い旅も終いだ……」

「はい……」

「勝信の孫は？」

「内孫が三人、外孫が八人になりました……」

「十一人か……」

「みな元気にしています」

「何よりだ……」

妙穐尼が重信の手を握った。民治丸を愛した深雪に戻ってしまう。

深い愛は瞬時にして時空を飛び越えることができる。五十数年の時を深雪は吹き飛ばした。

「今、楯岡城にはどなたがおられる？」

「城番は山野辺義忠さまです」

「義光さまの四男だな……」

最上家のいざこざは妙穐尼にも聞こえていたが、帰国したばかりの重信には何も言わない。

重信が巻き込まれることを妙穐尼は警戒した。

そこへ、お良が粥を運んでくる。膳には粥椀と味噌皿が乗っていた。

「粗末ですが……」

妙穐尼に勧められ重信が粥をすすった。

「美味い……」

重信がいうとお良がニッと笑った。

「小兵衛殿のお孫さんでお良です」

妙穐尼が紹介するとペコッとお良が重信に頭を下げた。

「うむ、小兵衛殿は元気か？」

「お爺は三年前に亡くなりました……」

「そうか、亡くなったか……」

「お良は両親も亡くし、小梅殿と下に弟と妹の四人です」

重信は夜半まで妙穐尼の話を聞き、再び深い眠りに落ちた。

翌朝、月心庵に氏心が現れると、重信と氏心が話し合って、一旦氏心が三河に戻ることを決めた。

間もなく雪が降り出すと出羽の吹雪が猛威を振るう。

白布峠も吹越《ふっこし》峠も笹谷峠も板谷峠も、すべて閉ざされて氏心が出羽から出られなくなる。

出羽の冬は氏心の生まれ育った三河とはまるで違うものだ。

空模様はいつ雪が降り出してもおかしくない。周囲の月山《がっさん》や葉山など高い山々が白くなり始めていた。

甑岳に雪が来ると数日後には根雪になる大雪が降る。

「老師、また伺います」

「うむ、氏幸殿によしなに伝えてもらいたい……」

「はい、江戸の三河屋さま、川越の高松さま、箱根の竜太郎さまに無事に戻られたことをお伝えいたします」

「かたじけない。もし、途中で雪に降られたら無理をするな。出羽の雪は三河とは違うでな……」

「はい！」

「それにこの粟田口藤四郎だが、出羽に置いておくわけにいかない、京の吉岡家に戻してもらいたい……」

「吉岡さまに？」

「厄介なことを頼むが……」

「いいえ、承知いたしました。必ず、お返しに上がります」

「頼む……」

「それでは行ってまいります」

関口氏心は再会を約束して楯岡城下を出立した。氏心はやがて紀州徳川頼宣に仕官することになる。

「若く、元気のいいお弟子さんですね……」

「うむ、わしが小兵衛と京に向かったのは、あのような年ごろであったな……」

「ええ……」

心配しながら重信を見送ったことを妙穐尼が思い出す。

氏心と入れ替わるように、小梅が孫の庄助とお染を連れて現れた。そこにお良が朝餉の粥を運んでくる。

粥を食していると甚助勝信が妻のお里や、息子の隆信《たかのぶ》と孫三人を連れて現れた。

狭い月心庵が子どもたちで混雑する。その後を追うように菊池半左衛門が一家を連れ、若い者に月心庵に寄進する米を担がせて現れた。菊池家は深雪の実家だ。

月心庵が壊れそうな大人数だ。

上を下への大騒ぎをしているところに、林崎熊野明神の藤原別当祠官までが顔を出した。

粗末な月心庵がつぶれそうだ。

「外に村人が集まっていますが……」

心配そうな顔で若い別当が入ってきた。

「わしが話しましょうかのう……」

半左衛門が座を立って、月心庵の外に集まった人たちに顔を見せた。村人が見たいのは重信なのだ。

重信はお良の粥を食べて日に日に元気になった。
氏心が去って六日目で甑岳から石城嶽《いしきだけ》、背《せ》中炙峠《なかあぶりとうげ》、楯岡城下までが雪で真っ白になった。庄助とお染は毎朝早く月心庵に現れ、お良と一緒に重信の世話をする。

「庄助……」

「はい！」

「この雪は消えるな？」

「二、三日もすれば消えると思います」

「奥の院に行きたいのだが？」

庄助は緊張して使ったことのない言葉で喋る。

祖父の小兵衛が亡くなる時、三人の孫を枕元に呼んだ。

「間もなく、民治丸さまがお帰りになる。わしはもうお会いできないが、民治丸さまがお帰りになられたら、わしに代わって民治丸さまのお世話をしてもらいたい……」

小兵衛の遺言だった。

「雪が消えないと山には登れないけど……」

「うむ、消えたら連れて行ってくれるかな？」

「わかった。わかりました！」

言い直してニッと照れ笑いをする。それを見てお染がクッと笑う。

三日後、初雪の融けた石城嶽に重信と庄助とお染が登って行った。重信は無腰で妙穐尼の杖を握っている。

「こんなに高い山だったかな？」

「奥の院に行く石城嶽です」

「間違いないか？」

「お染、間違っていないだろう？」

「うん……」

「昔はもっと低かったな……」

「きっと、長い間に高くなったのです」

「そうだな……」

賢いお染は山が高くなったりしないと思う。

三人はブツブツ喋りながら石城嶽の奥の院に着いた。山の木々はすべて葉を落とし初冬の風が山を吹き越えていく。

磐座《いわくら》の洞窟に入ると、先に別当が来て清掃をしたようで綺麗になっていた。

庄助が背負ってきた筵を敷いて、一握りの米を供え蠟燭に火を灯した。重信が筵に座って祈ると、庄助とお染がそっと洞窟の外に出た。

「腹減ったな……」

「駄目だよ！」

お染が三人の握り飯を風呂敷に包んで背負っている。祖母の小梅が「三人で食べるんだよ……」とお染に背負わせたのだ。

「山は寒いな……」

「うん、周りの山が真っ白だから……」

「腹減ったな……」

「うん……」

仲のいい兄妹が山の寒さに震えていると重信が洞窟から出てきた。

「あの……」

「何だ？」

「おにぎりがあるんだけど、お婆が握ってくれた……」

「そうか、二人で食べなさい」

「お染……」

「うん……」

寒い時は何か食うに限る。

風呂敷を解いて二人が握り飯を食い始めた。重信が谷川から磐座の周りを見回している。

「庄助……」

「はい！」

握り飯を食いながら庄助が重信の傍に寄った。

「春になったら、山の木でここに掘立小屋を建てようか？」

「いいよ……」

「雨を凌げればいい……」

「うん、冬は雪でつぶれるから……」

「そうだな、壊れたら春にまた建てればいいだろう」

「うん……」

話がまとまり雪の降りそうな空の下を三人は急いで月心庵に戻った。一里ほどの山道は雪が消えても落ち葉で滑る。

翌朝、庄助が木通《あけび》の太い蔓で作った杖を持ってきた。

「お爺が使っていた杖を、お婆が老師さまに使ってもらえって……」

「ほう、長くていい杖だな……」

「木通の蔓だ」

「そうか、小兵衛の杖なら使わせてもらおうか……」

少し重いが重信は小兵衛の形見の杖を使うことになった。

三人が石城嶽の奥の院から戻って三日目に再び雪が降り、三度目までは消えたが四度目に降った雪が春まで消えない根雪になった。

奥の院の庵

元和四年（一六一八）正月、重信は楯岡城の城番、山野辺城主の山野辺義忠に呼ばれた。

チラチラと雪の降る正月だ。

重信は十五歳になった庄助を連れて、月心庵から迎えの駕籠に乗った。

駕籠の脇には重信の乱取備前を腰に差した庄助が、長い木通の杖を担いで付き従っている。

楯岡城は因幡守の頃から何も変わっていない。

改修をしたような跡もない。

重信が大広間に案内されると主座に最上義俊と、最上家の家督を争っている山野辺義忠が座っていた。十六年前に重信は、御前試合で義忠に神夢想流を披露している。

それ以来の対面だ。

年が明けて三十一歳になった出羽の若き御大将だ。

母親が深堀郷の絶世の美女というだけに、義忠も母親の血を引いてなかなかの美男子だ。

　義忠の忠は将軍秀忠から拝領したという幕府に近い男だ。

　重信は最上家の内情を詳しくは知らない。ただ、最上家親の死後、その嫡男が家督相続したが異論が出ているとは聞いている。

「老師には雪の中、わざわざ登城いただき恐縮に存じます」

「まずは新玉の賀詞を申し上げまする。おめでとう存じます」

「良い年になればいいのですが……」

　自戒するように言って小さく微笑んだ。それを十人余りの家臣が聞いている。

　この時、義忠は難しい立場にあった。

この先、御三家水戸藩の水戸光圀の教育係に抜擢《ばってき》されるだけあって、落ち着いた学者のような人物だ。

「老師には十六、七年前に神夢想流を披露いただきました。父にもかつて披露いただいたとか」

「お父上の出羽守さまとは氏家守棟《うじいえもりむね》さまのご紹介で、ずいぶん前になりますが山形城下でお会いいたしました」

「若い頃のことだと亡き父上から聞いております」

「以来、長い旅を終えて昨年の暮れに戻ってまいりました」

「老師の廻国のことは江戸で柳生さまからお聞きしました」

重信が義忠から正月の祝酒を頂戴する。そこへひょっこり、この年に義忠に代わって楯岡城主となる甲斐守光直が顔を出した。

「叔父上……」

義忠が主座を譲ろうとした。

「そのまま、そのまま……」

光直が義忠を制して主座に近い座に座った。

六十歳になった最上義光の弟だ。重信は会ったことはなかったが武勇の噂は聞いている。

関ヶ原の戦いの折、直江兼続が率いる上杉軍が最上領内に進攻した。

その時、長谷堂《はせどう》城の志村光安が攻められて危険になると、光直が救援に入って上杉軍を退けたという戦上手な大将だった。

光直の方は重信のことは良く知っている。

「老師のことは、兄上から聞いておりました」

穏やかな口ぶりで、五十七万石の最上家を潰してしまうような、激しい人物には見えない。

　だが、光直は幼い最上義俊を支えるべき立場なのに、義俊では駄目で早急に山野辺義忠に替えるべきだと、強硬に主張して最上家を混乱させている。

　その光直を支持する家臣が、圧倒的に多いというのだから大騒ぎになって当然といえた。

　古くから名家や名門家が衰退したり、滅ぶのは家督相続でもめたり、当主をめぐって骨肉の争いになったりしてのことが多い。

　それを見てきた家康は家督相続から来る混乱を恐れ、家光を三代将軍と決め、徳川家は長子相続だと決めたのである。

　将軍が万一、暗愚でも幕府という強靭な組織で支える。

　徳川家というお家が、何よりも優先するお家主義を家康は残した。その功罪は後の歴史が検証する。

　家督相続の混乱の怖さを光直はわかっていない。

　より優秀な者に相続させたい、自分により利益をもたらす家督相続をさせたいなどと、我欲をむき出しにすれば混乱するのは当たり前だ。

　幕府の怖さもわかっていない。

　最上家は三管領筆頭の斯波一族で、奥州全域百五十万石以上、越前、尾張、遠江などと合わせて三百万石を有する足利一族最大の大名だった。

その名門斯波家も、家督相続の大混乱を収拾できずにあっという間に没落した。

光直はそれを知っていたはずなのに同じ轍を踏むことになる。

最上家が義俊派と義忠派に分裂して混乱すると、幕府が介入して最上家に和解案を提示する。

和解案は幕府の目指す長子相続で、義俊を中心にするものだったため光直が納得しなかった。

その光直が幕府に上申した言葉があまりに強烈でよくなかった。

「家臣全員が高野山に登って出家する……」

この言葉が最上家の命運を決定した。こういうことをいうと幕府を脅したことになりかねないのだ。

事実、幕府は強硬姿勢になってしまう。

放置すれば危険だと、すぐ最上家の改易を断行するのだ。

最上義俊は混乱の不届きにつき五十七万石を召し上げられ、近江大森一万石に減封するとの決定が下された。

楯岡光直も同様に混乱不届きである。

よって九州豊後細川家にお預けにすると命じられ十一年後に七十一歳で死去する。

その光直の子孫は肥後熊本に移った細川家に仕官するが、哀れなのは散りぢりになった家臣たちだ。

兄の最上義光が築いた五十七万石を一瞬にして失った光直は、愚かという前に、四方を巨大な山々に囲まれて世間を知らず、自分の考えだけを主張する出羽の国ならではの、風土に根ざすものだと誰も気づかない。最上家を守るべき光直は縮こまった考えしか持てなかった。

以来、出羽の国は繁栄した義光の時代に復することは二度となかった。

五十七万石は十数ヶ国に細切れにされ、保科家、本多家、酒井家、戸沢家、織田家、鳥居《とりい》家、松平家、奥平家、堀田家、秋元家、水野家などが入れ代わり立ち代わり、山形藩主となり最後には水野家五万石になってしまう。新しくできる新庄六万石の戸沢家の方が大きくなる。

山野辺義忠は備前岡山の池田忠雄《ただかつ》に身柄預けになり幽閉、後に将軍家光の命令で水戸徳川頼房に預けられ、一万石で家老となり水戸光圀の教育係になる。

そんな大激変になるとは知る由もなく、重信は正月の祝酒を頂戴し、光直と義忠から剣術指南を要請されたが、七十七歳の高齢であることを理由に丁重に辞退して城を下がった。

雪が深々と降り、吹雪くと月心庵の窓の隙間から雪が部屋に入り込んでくる。

少しでも雪が降ると重信は月心庵から動かないが、雪が止むと庄助とお染を連れて、勝信の家や菊池半左衛門家、林崎熊野明神に出かける。

雪は一晩で三尺を越えて積もることがあった。

そんな雪の朝、庄助とお染が雪まみれで月心庵に飛び込んできた。思い詰めたように二人が重信の前に正座する。

「どうした？」

「お師匠さま、弟子にしてください！」

「うん！」

庄助がいうとお染が相槌を打ってうなずいた。唐突な弟子入りの申し出だが兄妹は何日も二人で考えたのだ。

「剣をやりたいのか？」

「はいッ！」

「お染もか？」

「うん！」

「そうか……」

重信は関口氏心が最後の弟子だと考えていた。だが、十五歳の庄助と十二歳になったお染が弟子になりたいという。

「お願いいたします……」

二人の姉のお良も重信に頭を下げた。お良は二人から相談を受けていた。

妙穐尼がうれしそうにニコニコと二人を見ている。その笑顔はお弟子にしてあげてくださいといっている。

「そうか、剣をやりたいか……」

重信はあと何年生きられるか分からないが、可愛らしい兄妹の弟子を育ててみようかと思った。

「よし、二人をわしの養子にしよう……」

「養子？」

「そうだ。わしの子どもになって侍になることだ」

「あの……」

「何だ？」

「お師匠さまの勝信さまが……」

「うむ、庄助は勝信の弟になる。お染は勝信の妹だ」

二人が見合ってニッと笑う。

ずいぶん年の離れた兄弟ということになる。妙穐尼が二度三度とうなずいてうれしそうだ。お良が驚いている。

「庄助は今から浅野小兵衛基信《もとのぶ》と名乗れ……」

「浅野小兵衛？」

「基信だ……」

お染が袖で口を押さえクッと笑った。

「浅野はわしの本当の苗字だ。小兵衛はお前の爺さんの名前、基信の基は初めとか大事なものなどの意味だ。信はわしの名前の重信の信だ。お染はそのままお染でいいだろう……」

すると不満そうにお染がブッと頬を膨らませる。

「お染にはこの尼の名をあげましょう。深雪の雪をあげます。小雪《こゆき》でどうですか？」

「うん……」

新しい名前を気に入って満足だ。

「小兵衛と小雪か、いい名前だ。今日から武家の子だから乱暴な言葉を使うのは駄目だぞ……」

「うん……」

「小雪、うんは駄目……」

「はい！」

小雪がまず重信に叱られた。

雪が降らなくなると小兵衛と小雪の本格的な稽古が始まった。

重信は雪が消えるのを待って、石城嶽の奥の院に庵を結ぶことにしている。

出羽の雪解けは大木の根元から始まり、根元に土が見えると春の息吹がたちまち広がって行く。

冬の間に段取りをつけて奥の院に登れるようになると、重信は林崎熊野明神の別当祠官と菊池半左衛門、その家人五人ばかりと小兵衛と小雪など九人と一緒に石城嶽に登った。

釜ヶ沢にはまだ残雪がたっぷり残っていたが周辺の山の雪は消えている。

「老師さま、この辺りにございますか？」

若い藤原別当が庵の場所を聞いた。

「そうです。この広場は残したいのです」

磐座の前の広場は稽古の場所だ。

半左衛門が若い家人に、簡単な縄張りを命じてすぐ仕事にとりかかった。材料は冬の間に小兵衛が集めておいた。

「粗末な小屋で結構です」

「煮炊きはできた方がいいでしょう」

「小さな囲炉裏があれば……」

「承知しました」

菊池家の家人と小兵衛に仕事を任せて、重信と別当、半左衛門と小雪の四人は山を下りる。

重信の住む庵は三日ほどで出来上がった。

冬に使う庵ではないから雨を凌げればいいということで杉皮の屋根にした。

大嵐がきたら奥の院の洞窟に入ればいい。春とはいえ山はまだ寒い季節だが重信は奥の院に移った。

重信の乱取備前は正月から小兵衛が腰に差している。

小雪は重信が木を削った小太刀を差していた。その木刀を帯に差して歩く小雪はおかしなお転婆娘だ。

その日、どんな庵なのか心配な妙穐尼が、重信に手を引かれて奥の院に登って来た。

「まあ、いいところですこと……」

「うむ、まだ風が強い……」

「山ですから、これぐらいの風はいつでも吹くのではありませんか？」

「そうかも知れん……」

「移ってきてもいいですか？」

「ん？」

「邪魔になりますか？」

「いや、ならぬ……」

深雪がニッと微笑んだが重信は一人がいいのだと思う。

その重信と妙穐尼が景色を見ている間に、お良と小兵衛と小雪が小枝を集めて、庵の囲炉裏に火を焚いて自在鉤にお良が背負ってきた鍋をかけた。鍋には沢の雪解け水を汲んできた。

五徳を置いて渡しを乗せると、小梅が持たせてくれた餅を焼き始めた。

重信と妙穐尼には夫婦になって、初めてと言える穏やかな刻が流れている。生きて重信が戻って来ただけで妙穐尼は幸せだ。

無事に戻って来て欲しいと願い続けた五十数年だったと思う。

虫食天神

山々が日々変貌する。

冬枯れの木立の枝に春芽がつくと釜ヶ沢の残雪がすべて消え清流が顔を出す。

早朝、重信はその身を切る冷たさの清水《しみず》で体を洗い、奥の院を参拝すると磐座の石段に座って半跏趺坐《はんかふざ》、法界定印《ほっかいじょういん》を結んで息を整え随息観《ずいそくかん》に入って行く。

サワサワと山の風が冷気を運んで来るが、やがてすべての気配が消えて無限の時空が広がる。

草木国土悉皆成仏《そうもくこくどしっかいじょうぶつ》。

重信は神の世界、仏の世界を全身で感じている。一剣を以て大悟する。その剣すらも重信は置いた。

無一物中無尽蔵。

人は本来無一物であり、一切の煩悩から離れた存在なのだ。

重信は見えるものが見えず聞こえるものが聞こえない。

只管打坐《しかんたざ》の世界にいる。

五十年古今独歩の道を歩いてきた。それは重信が神スサノオに与えられた未知の旅だった。

その旅の行きつく先は只管打坐、剣禅一如、重信は今その世界にいる。

半刻を過ぎる頃、小兵衛と小雪が石城嶽を越えてくると重信は座禅を解いた。二人は毎朝暗いうちに家を出て一里ほどの山道を歩いてくる。

重信の世話をしてから稽古を始めるが、兄妹はいつも元気がいい。静かな山に二人の気合声が響いた。

青葉の季節になると半左衛門が家人に米を担がせて登ってきた。

重信の食い扶持は半左衛門家が賄っている。その半左衛門はここ数年頭の痛い問題を抱えていた。

「顔色が優れないようだが何か？」

　重信が半左衛門の悩みに気づいた。半左衛門が恥ずかし気にニッと微笑んで困った顔になった。

「延沢《のべさわ》銀山です……」

　妙穐尼の弟半左衛門は十歳ほど年の離れた重信の義弟だ。小さい頃から優しい男だった。

「銀山が何か？」

「このところ銀の産出が増えましておりますので……」

「ほう、それは結構なことではないのか？」

「それが、結構でもないのですよ……」

　半左衛門が言う延沢銀山は室町期の康正二年（一四五六）に、加賀金沢の儀賀《ぎが》市郎《いちろう》左衛門《ざえもん》が出羽の山々の巡礼に出て、吹越峠の白山神社に宿泊した時、神のお告げがあって延沢の巨岩に鉱石を発見する。

　その鉱石を但馬《たじま》の生野《いくの》銀山に持って行き、知り合いの作兵衛に鑑定してもらうと、良質の銀が含まれていることが分かった。

　市郎左衛門と作兵衛は、穴掘り鉱夫三十人を連れて戻ると、その銀山の採掘を開始した。

それから百六十数年が経って、延沢銀山は最盛期を迎えようとしているのだった。

延沢満定が銀山の近くに城を築いて一帯を支配したが、最上義光と対立し銀山を巡って争いが続いた。

天正五年（一五七七）に和睦し、義光は延沢家に娘の松尾姫を嫁がせ、銀山を支配することに成功する。

その銀を最上家の繁栄を支える資金源とした。

幕府が最上家を改易にしたのはこの銀山を狙ってだとも言われる。

その証拠に最上家が改易になると、譜代の鳥居忠政が山形城に入り、幕府が延沢銀山の採掘を奨励して新たな坑道を開き採掘が拡大する。

幕府は金銀を喉から手が出るほど欲しい。

忠政の子忠恒が死去すると将軍家光は、異母弟の保科正之を山形城主に入れる。

江戸の将軍が弟に支配させるほどに幕府にとって銀山は重要だったといえるのである。

ここで延沢銀山は幕府の天領となり、産出した大量の銀は江戸に送られることになるのだ。

その前触れのように銀の採掘が活発になり、銀山で働く人々が徐々に増加し始めていた。最盛期には二万人とも五万人ともいわれる巨大銀山が出現する。後に日本の三代銀山の一つといわれるまでになる。

「銀山が繁盛すると何か不都合なことでも？」

「実は、銀山の方が銭になるといって、百姓が畑仕事を放り投げて銀山に行ってしまうのです」

「なるほど、繁盛している銀山の方が銭になるか……」

「銀山の仕事は銭にはなるが、三十まで生きられねえとの噂があって、生野や石見の銀山では三十まで生きると、赤い飯を焚いて祝うそうなんです」

「その話はそれがしも出雲で聞いたことがある。それほど過酷な仕事だということであろう」

「実は、石から銀を取り出す時に毒が出るとかで……」

「それで長生きできないというのか？」

「ええ、それでも銭が欲しいと思うのが人でして……」

延沢銀山が最盛期になると、田畑を捨てる百姓が続出、米沢藩の上杉定勝は、藩を出て延沢銀山に出稼ぎに行くことはご法度であると禁令を出すまでになる。

だが、人間の欲望はなかなか止められるものではない。

目の前に金のなる木があるとなれば、そこに上りたくなるのが人情というものだろう。

延沢銀山は、幕府によって本格的採掘が始まると、最盛期は二十年ほどで終わり、徐々に採掘量が減少、坑道から大量の水が湧き出すようになって、良質な銀の産出はたちまち激減する。

銀山の麓の谷川には温泉が湧き出ていて、坑道を掘れば掘るほど湯か水が湧き出すことは予想できた。

大規模な水抜きも行われたが、良質な銀の採掘はなくなり、銀山が復活することはなかった。そんな運命をたどる延沢銀山だが、今は最盛期に向かって急に大きくなろうとしている。

「それは困ったことだが、銀山に行くのを止めるのは難しいことだな」

「はい、田畑を投げ出す者が出なければいいのだが……」

菊池半左衛門家は年貢を千俵も納める豪農だ。

その百姓衆が田畑以外の仕事に眼を奪われるのは重大問題だった。

重信には半左衛門の考えもわかるが、人の欲望を止めることができないこともわかっている。田畑は一、二年耕作しないだけで荒れ放題になってしまう。菊池家のような大きな地主は人手不足になるのがなによりも怖いのだ。

「今度、楯岡城に甲斐守さまが入るとのことです」

半左衛門が話柄を変えた。

「ほう、甲斐守さまが……」

正月に楯岡城で初めて会った老将甲斐守光直を思い浮かべた。

「山形城では義俊さまの相続でもめているそうです」

「何か具合の悪いことでも？」

重信は最上家の家督相続がもめていることは噂で知っている。だが、それが領民にまで聞こえるようでは穏やかではない。

「若殿が酒色に溺れているとかで、山野辺の殿さまの方がいいということのようです」

「ほう、そのような噂はどこから聞こえてきました？」

「お城からです」

「なるほど……」

楯岡城は山野辺義忠が城番で、それが甲斐守の城になるという。何んともできすぎたような話だが本当なのだ。

楯岡、大石田など七ヶ村一万六千石が光直のものになる。

その光直は城に入ると楯岡甲斐守光直と名乗った。

夏になると甑岳や葉山を回る羽黒山の山伏が、出羽の山々を回って続々と石城嶽の奥の院に下りてきた。

覚浄坊《かくじょうぼう》と蓮覚坊《れんかくぼう》は亡くなったが蒼覚坊《そうかくぼう》が健在だとわかった。

山伏の中には亡き覚浄坊や蓮覚坊の弟子が何人もいて、狭い重信の庵でおもしろい話が弾んだ。蒼覚坊の弟子もいる。

「来年は師匠とまいります！」

張り切る若い山伏もいる。それに重信が笑ってうなずいた。

そんなある日、重信が小兵衛と小雪を相手に稽古をしていると、ガサガサとまったく道のない藪から山伏が現れた。

「道に迷われたか？」

「はい、神夢想流の老師さまでしょうか？」

「どこで聞いてこられた？」

「葉山でお聞きしました。拙僧は覚浄坊さまの弟子にて妙覚坊《みょうかくぼう》と申します。お弟子にしていただきたく飛んでまいりました！」

「覚浄坊殿のお弟子か……」

「お願いいたします！」

金剛杖《こんごうじょう》を傍に置いて地面に座ると平伏した。小兵衛が不満そうに膨れっ面だ。小雪も仏頂面になった。

「お若いようだが？」

「二十四歳にございます！」

重信が許すと小兵衛と小雪が不満そうに重信を見上げる。

「兄弟子と、兄ではないから姉弟子のお二人にはよろしくお願いいたします！」

小兵衛と小雪が驚いて妙覚坊をにらんだ。

「兄弟子と姉弟子にはお名前をお聞かせいただきたい！」

兄弟子と言われて気分はいいのだが、山伏は羽黒山の天狗だから怖い。小兵衛は重信の顔を見てから「浅野小兵衛基信……」と不機嫌そうにいう。

「姉弟子のお方は？」

小雪は妙覚坊をにらんで耳を掻きながら「小雪……」と名乗った。

「小兵衛殿に小雪殿、よしなにお願いいたします！」

「うん……」

小雪が勢いにつられてうなずいてから小兵衛を見た。その小兵衛がニッと笑う。

「小兵衛、その木刀を貸しなさい」

重信が小兵衛の木刀を握った。

「妙覚坊、その金剛杖でいいぞ」

「はいッ！」

立ち上がった妙覚坊が自分で削った長めで少し太い金剛杖を構えた。重信は妙覚坊の金剛杖を見て覚浄坊に鍛えられたことを見抜いた。

小兵衛と小雪が二人から離れる。

中段に構えていた妙覚坊の金剛杖が上段に上がって重信を襲った。

一瞬、重信が後の先で踏み込むと、木刀が妙覚坊の胴を斬っていた。右胴から横一文字に斬り抜く神伝居合抜刀表一本荒波《あらなみ》だ。

妙覚坊が腰砕けになってひっくり返った。

小兵衛と小雪が驚いて目を見開いている。

「今のが神伝居合抜刀表一本荒波、覚えておくように……」

「はいッ、有り難うございました！」

その夕刻、小兵衛と小雪が石城嶽を越えて、月心庵に顔を出してから家に戻り、妙覚坊は釜ヶ沢沿いに下って細野村の天満神社に向かった。

かつて菅原道真《すがわらのみちざね》が大宰府に流された時、道真の子が京を脱出して船で北に向かい、象潟《きさかた》に上陸すると最上川を遡りこの細野村に到着した。

そしてこの地に菅原道真の木像を残して陸奥の岩井に向かったという。

その木造だけは長く残り虫食天神と呼ばれていた。まことに霊験あらたかな天神さまである。

妙覚坊は天満神社にいて、村人に頼まれれば祈禱などもよろこんでした。

早朝に奥の院に向かい、昼過ぎには村に帰ってくることを繰り返した。若い妙覚坊は羽黒山の山伏さんと言われ村人に可愛がられた。

この辺りの人々は羽黒山や月山や葉山の山伏を大切にする風習がある。それはお山信仰と繋がっていた。

細野の村人も釜ヶ沢の奥の院に、重信が庵を結んでいることは知っている。

江戸の浪人

秋になると妙覚坊が羽黒山に帰った。

この辺りでは雪が降る前に家をそ垣するのが当たり前だ。

そ垣とは大雪に備えて家を雪囲いすることだ。その上で雪が積もると屋根の雪降ろしをする。

雪が五尺も六尺も積もるとその雪の重みで家が潰れてしまう。

潰れる前に屋根の雪を取り除くのだがこれが大仕事だ。寺などの大屋根は村人が総がかりで雪を屋根から降ろす。

重信の庵も同じで放置すれば、小さな庵などひとたまりもない。

雪の重みで潰れてしまう。少なくとも一冬に二、三度は菊池半左衛門家の若い衆に頼むしかない。

秋も深まり山々の木々が全て葉を落とすと、月山、葉山と白くなったのを見て、重信は平地に雪が降る前に山を下り、月心庵で冬ごもりに入った。

重信は早朝に月心庵を出て祥雲寺に行き座禅をする。幼い日に楯岡因幡守と出会った祥雲寺での座禅だ。

「お師匠さま、祥雲寺にご一緒してもいいでしょうか？」

「うむ、剣と禅は一緒だからな……」

「はいッ、小雪、お前はここで姉さまの手伝いをしろ！」

「嫌だよ！」

小雪が怒った膨れっ面で小兵衛をにらむ。

「座禅は女のするものじゃない！」

「嫌だッ！」

「小雪も一緒においで、わしは六歳から座禅をしてきた。行こう……」

「はい！」

重信の許しが出て寺に向かう。三人はいつも一緒だ。

年が明けて重信は七十八歳になり、小兵衛は十六、小雪は十三になった。

大雪の日以外は毎朝、祥雲寺で座禅をし、林崎熊野明神に詣でて境内で稽古をするのが日課だ。

三人は祖父と孫という格好で、昼ごろには月心庵に帰ってくる。

月心庵には時々小梅がわずかな米や豆を持って顔を出す。重信に食べさせようという優しい心遣いだ。

それを妙穐尼が合掌して受け取る。

妙穐尼は小兵衛と小雪の兄妹と一緒にいる重信を見ていると、だんだんとあの元気の良かった民治丸に戻って行くような気がする。

朝は二人が現れるのを待っている。

三人で出かけるときは何んとも楽しそうだ。

そんなある朝、小雪が小兵衛と同じように袴を穿き、重信が削った小太刀を手に持ち腰に脇差を差して現れた。

「どうしたのだ。その腰の脇差は？」

「これは、昨日、菊池のお爺さまからいただきました……」

「ほう、重くないか？」

「それが長くて重いの……」

「一尺八寸はありそうだな」

脇差で一尺八寸を超えていれば大脇差ということになる。

小柄で十三歳の小雪には長すぎるが、先々、小太刀として使うようになればちょうどいいくらいだろう。

「お師匠さま、その刀を差してから小雪は歩き方が変です」

「どう変なのだ？」

「時々、歩き方が左に縒《よ》れるような……」

「それは脇差が重いからだ。すぐ直る。そのうち小雪にも刀の手入れの仕方を教えよう」

「はい……」

何でも小兵衛の真似をしたいのが小雪だ。

負けん気が強く兄の真似をしないと気がすまない。

小兵衛と同じように髪を引っ詰めて頭の後ろで束ねている。お転婆娘が男の子に変身した。

恰好だけは二人とも立派な剣士だ。

小兵衛が重信の乱取備前を腰に差し、小雪が脇差を腰に差すようになって少し大人びてきた。二人には刀が危険なものだと分かっている。二人とも何があっても刀は抜かないと重信と約束している。

子どもたちにからかわれても我慢することを覚えた。

武家が一旦刀を抜いたら自分も死ぬ覚悟だと重信に教えられたのだ。

雪が消えると重信は奥の院の庵に登って行った。菊池家の若い衆がこまめに雪降ろしをしてくれたお陰で、華奢《きやしや》な作りの庵も潰れないで済んだ。

この辺りでは家を建てる時は雪の重みを考えて棟には太い丸太を使う。大黒柱などは一尺四方の太さなど当たり前だ。それでも雪の重さで家の戸が開かなくなる。

そんな時は急いで屋根に上って雪を降ろすしかない。

雪囲いを取り外して、いつでも重信が来て住めるように、若い衆が庵を整えてくれている。

「お師匠さま、火を焚いて餅を焼きます」

「そうだな……」

小兵衛と小雪は山に来るといつも腹を空かしている。

それをわかっている小梅は、いつも硬くなった餅を兄妹に持たせた。これが焼いて食うと実に美味いのだ。

そんな季節を見計らったように鷹ヶ峰の梅木弥右衛門《うめきやえもん》が現れた。

「お師匠さま……」

「おう、京のみんなは元気かな？」

「はい、吉岡憲法さまが関口氏心殿から、粟田口吉光を受け取られたとのことにございます」

「そうか……」

弥右衛門は何よりも先に名刀粟田口が、憲法の手に戻ったことを重信に知らせた。

「廻国か？」

「はい、一年だけ東国を廻るつもりで出てまいりました」

廻国修行というよりは重信の元気を確かめたいため京から出てきたようなものだ。

その上で川越の高松家や江戸の三河屋、箱根の竜太郎に無事を知らせ、できれば柳生宗矩や小野忠明、加賀の富田重政、尾張の柳生兵庫助などに会いたいと考えていた。

「しばらくは滞在できるのか？」

「はい！」

弥右衛門は重信の傍に一、二ヶ月ほど滞在したいと思っている。

「弟子の小兵衛と小雪だ。この山の裏に二人の家がある。そこに泊まって二人の手を見てやってくれぬか？」

「承知いたしました。小兵衛殿に小雪殿、よしなにお願いいたす……」

「はい……」

「弥右衛門は京で道場を開いている。小兵衛と小雪のような子たちもいる。しっかり教えてもらうように……」

「はい、よろしくお願いいたします」

「お願いいたします」

二人が弥右衛門にペコペコと頭を下げた。

小兵衛と小雪は背が高く、がっしりした体の弥右衛門を強そうな剣客だと思った。実際、弥右衛門は師の大西《おおにし》大吾を凌ぐ強い剣士だ。将監鞍馬流《くらまりゅう》の四代目だから強いに決まっている。

翌日から三人は暗いうちに石城嶽を越えてきた。

重信が釜ヶ沢の冷水で体を洗っていると、ガサガサと獅子のように三人が藪から出てきた。この辺りではカモシカのことを獅子と呼ぶが、奥羽の山々は深く獅子も熊も猿も数が多い。

重信の庵の前に遊びに来る獅子や猿も少なくない。

実りの秋には餌を求めて熊が里に下りてきたり、春には山菜採りの村人がばったり熊と出くわして怪我をしたりするのだ。

熊と人の住む境界が里山でわからなくなっている。

弥右衛門が加わった稽古は一段と活気が出て、奥の院からは山々に木霊する気合声が朝から響いた。

そんなある日、細野村から二人の山伏が奥の院に登ってきた。

羽黒山の蒼覚坊と妙覚坊だ。年寄りの蒼覚坊を若い妙覚坊が、押し上げているような格好だ。

「老師！」

「おう、蒼覚坊殿……」

「お会いしとうございました……」

蒼覚坊は羽黒三山や吉野、熊野大峯奥駈道《おおみねおくがけみち》などで修行をし、若い頃には九州の英彦《ひこ》山《さん》にまで足を延ばしたことのある修験者だ。

「出雲の阿国さまはお元気で？」

蒼覚坊がそう聞いたのは、重信が阿国と伊勢から熊野に旅をした時、熊野本宮《ほんぐう》で偶然に出会ったことがあったからだ。

「熊野でお会いしてから出雲に帰りましたが、ほどなくして亡くなりました……」

「まだお若いのに、それは残念なことにございます」

「人の命ははかないもの、神のみが知ることにて……」

「誠に……」

重信と蒼覚坊が囲炉裏の傍で話していると、奥の院の磐座の前は弥右衛門、妙覚坊、小兵衛、小雪の四人が稽古で賑やかだ。負けん気の強い小雪は弥右衛門に何度も何度も打ち込んでいく。

蒼覚坊と妙覚坊は細野村に滞在して、近隣の村々から頼まれると五穀豊穣、家内安全、無病息災、病魔退散などの祈禱をして回る。蒼覚坊は羽黒山のありがたい修験者であちこちからお呼びがかかる。

貴賤の別なく寄進の多寡に関係なく、依頼者の願いを丁寧に祈禱する。

時々、奥の院に登って来て重信と話をしたり、小兵衛と小雪を相手に稽古して山を下りて行った。

半月が過ぎると蒼覚坊と妙覚坊が、重信に別れの挨拶をし、甑岳、葉山を経て羽黒山に戻って行った。

その頃、駿府五十万石の徳川頼宣が紀伊和歌山五十五万五千石に加増された。

重信の弟子田宮平兵衛の息子対馬守《つしまのかみ》長勝が、頼宣に従い剣術師範として和歌山に移ることになったのである。

大坂の陣での武功を家康に認められ、岡山の池田家から頼宣の家臣になったのだ。

一方で幕府の外様大名の取り潰し政策が厳しく、狙われたのが秀吉の一族である福島正則や加藤清正などの大大名だった。

肥後熊本の加藤清正は既に亡くなっていたが、福島正則は安芸、備後五十万石で広島城にいた。

その広島城が大嵐で壊れたため修繕が必要になる。正則は修理、修繕の願いを幕府に申し出たが許可がなかなか出ず、城の修繕を強行すると、これが幕府に対して無断での改修だと咎められた。雨漏りのための修繕だと言い訳をしたが認められない。

武家諸法度違反であると決めつけられ、五十万石は没収され信濃、越後に四万五千石に減封された。

外様大名に対する幕府の態度は厳しかった。

その後、三男忠勝が二十二歳で早世すると、正則は二万五千石を幕府に返却、正則が亡くなると、家臣が幕府の検視役が到着する前に火葬にしたとして二万石を没収してしまう。

別に正則の子正利二十五歳に、三千百十二石を与えて旗本とするが、その正利も三十七歳で死去すると嗣子がなく福島家は断絶する。

加藤家も清正の死後に子の忠広が改易、出羽庄内丸岡に一万石でお預けとなる。江戸を出立する時は家臣二十人と、一族で五十人という寂しい行列だった。忠広の子光正は父親より早く二十歳で死去、毒殺と言われる。

忠広には光正の他に嗣子がなく、加藤家も福島家と同じように断絶する。

幕府の外様大名の取り潰しは容赦なく断行された。

大大名が取り潰されると、その家臣団を他家では吸収しきれないため多くの家臣が浪人する。

浪人対策は幕府の重要課題になっていた。

だが、幕府は膨れ上がる江戸の浪人に有効な政策を打てずにいる。

その浪人たちが再び仕官することは、強い縁故でもない限りほぼ不可能に近く、生まれながらの二代目、三代目の浪人が江戸に増える。

梅木弥右衛門が京に戻ることになると、重信は弥右衛門が剣豪たちに会えるよう紹介状を認《したた》めて渡した。

可奈の婚礼

元和六年（一六二〇）正月、重信は七十九歳になった。

月心庵では菊池半左衛門家から運ばれてきた餅で雑煮が支度される。

暗いうちに出かけた重信と小兵衛と小雪は、祥雲寺から林崎熊野明神を廻って月心庵に戻ってきた。

三人は師弟というよりは仲間といった風情なのだ。

仲のいい三人だが稽古は厳しく、小兵衛と小雪はずいぶん腕をあげている。十四歳の負けず嫌いな小雪も小兵衛に負けまいと必死だ。だが、十七歳の小兵衛は体もずいぶん頑丈になって強くなった。

重信の唯一の楽しみが二人の成長だ。

この年、正月五日に朝廷は将軍秀忠の継嗣、十七歳になった竹千代を正三位公卿に叙任した。

江戸幕府は将軍秀忠を中心に安定した政権ができている。

重信は神の住まう出羽の深山幽谷に隠棲し、そんな世間の風が吹いてこない日々を暮らしている。

木通の杖を重信が構えると、小兵衛が木刀を中段に構えたが、いつまでも打ち込んでくる気配がない。重信の体が、片手で突き出した木通の杖に隠れて小兵衛には重信が見えていないのだ。

「どうした？」

「杖に隠れてお師匠さまが見えません……」

「そうか……」

重信は小雪の前に杖を捨てると足元の小枝を摑んで構えた。

「どうだ、見えるか？」

「はいッ！」

木刀を上段に上げると同時に踏み込んで重信を襲った。

瞬間、重信の小枝が剣の如くに走って、小兵衛の胴を横一文字に斬った。踏鞴《たたら》を踏んだ小兵衛が奥の院の磐座の前に転がる。

「まだまだ！」

「はいッ！」

立ち上がった小兵衛が勢いよく重信に打ち込んだ。

だが、座って見ている小雪の前にあえなく転がると、小雪が悔しそうに拳を握って渋い顔になる。

小兵衛が三度も転がされると、小雪が小太刀を握って立ち上がった。

「小雪、まいれ！」

「はいッ！」

小雪は兄の小兵衛より元気がいい。

だが、剣の腕はやはり小兵衛の方が数段上だ。それでも小雪は気合で重信を負かそうとする。

「踏み込むときは迷うな！」

「はいッ！」

小雪が小太刀を振り上げて重信に体ごとぶつかってくる。

「イヤーッ！」と気合だけは剣豪だ。

重信の小枝が一瞬早く後の先で小雪の胴を斬り抜いた。勢いがいいだけに小雪は二間も飛ばされて奥の院の前に転がる。

「まだまだ！」

「はいッ！」

跳ね起きると小雪が重信に襲いかかるが、小枝に触れることすらできない。そんな稽古が奥の院で毎日行われた。

二人ともずいぶん腕をあげている。

春が過ぎると、関口氏心が出雲にいるはずの可奈を連れて奥の院に現れた。

「老師、可奈さまを妻にいたしたくお願いに上がりました」

「ん？」

「可奈さまを妻に……」

「そういうことか……」

「お父上さま、是非、お許し下さるよう……」

出雲から長旅をしてきた可奈は疲れ切った顔だが、氏心の妻になりたいという意思をはっきりと重信に伝えた。

「月心庵に寄ってきたか？」

「いいえ、お父上さまにお会いしてからと思いまして、こちらへ……」

「そうか、祝言は月心庵でいいだろう……」

「はい！」

可奈と氏心が互いに見合って嬉しそうにニッと微笑んだ。

「勝手な振る舞いをいたしました……」

「いや、このようなこともあろうかと覚悟はしておった。よろしく頼む……」

「はッ、大切にいたします！」

可奈は重信が愛した阿国との間にできた娘なのだ。もう十八歳になる。阿国に似て美しい娘に育った。

「小兵衛、夕方、月心庵に半左衛門殿と小梅殿、それに勝信にも来てくれるよう知らせてくれ……」

「はい、承知いたしました！」

「小雪、月心庵に行って、二人の婚礼を今夜するので、支度をするよう伝えてくれ……」

「はい……」

急な話に戸惑いながら二人が庵を飛び出した。

「老師、例の粟田口吉光を吉岡憲法さまにお返ししてまいりました」

「うむ、あのような剣は人を選ぶものだ……」

「やはり、京に置くべきだと？」

「そう思う……」

剣にはそれぞれ格というものがあり、あるべきところが決まっているように思う。

「出雲の三右衛門さまもお元気にございます」

「そうか……」

重信は昼頃まで二人の話を聞き、昼過ぎになって庵を出ると月心庵に向かった。

重信は奥の院の庵に入ると、ほとんど山を下りることはない。奥の院で神に祈り、座禅を組み、小兵衛と小雪の稽古を見る。

山々の神々と同化するような日々を過ごしていた。

石城嶽の奥の院を包み込むように甑岳、御堂森山、大平山、岩円堂山、黒伏山、柴倉山、船形山など奥羽の山が彼方の空に聳《そび》えている。

ようやく木々の精霊たちが歓喜する新緑の季節が来ていた。

その日、重信は妙穐尼と勝信に可奈を紹介、夕刻になって、重信と妙穐尼、菊池半左衛門、勝信とお里、小梅とお良、小兵衛と小雪だけのささやかな婚礼が行われた。

氏心と可奈が夫婦になった。

その二人は半左衛門家の離れで生活する。

氏心は毎朝暗いうちに出て、小兵衛と小雪を連れて奥の院に通い、可奈は毎日月心庵に通って妙穐尼の世話をした。

奥の院では氏心が来たことで稽古が急に厳しくなった。

二十三歳の氏心と十七歳の小兵衛の稽古は、小雪が恐れるような激しさで互いに容赦しない。

小兵衛は体のあちこちに痣を作りながらも氏心に向かって行く。

そんな二人だがさすがに小雪には優しい稽古しかしない。十四歳の可愛い娘に痣を作るのははばかられる。

それが小雪には気に入らない。二人を相手に大暴れする。

そんな稽古でめきめきと二人の腕が上がり、秋になると重信は小兵衛と小雪に真剣を抜いての稽古を許した。

小雪は半左衛門からもらった脇差を抜く稽古から始める。

真剣は理に適った扱いをしないと大怪我をする。小柄な小雪は脇差を差すのがようやくで、まだ太刀と脇差の両方を差す余裕はない。

その頃、江戸では九月七日に竹千代が従二位に上階、十七歳にして元服すると家光と名乗った。

祖父の家康を尊敬する、戦を知らない将軍候補だ。家康と秀忠が築いた徳川幕府を継承することになる。

家光は衆道に耽る癖があってまったく女に興味を示さない。

その上、病弱で吃音だったことから秀忠と妻の江《ごう》は、二歳年下の国千代《くにちよ》に期待するようになる。

後に駿河大納言忠長と呼ばれる家光の弟だ。

国千代は容姿端麗、才気煥発で大伯父の織田信長に似ていると言われた。

秀忠の後継の行方を怪しんだ竹千代の乳母お福こと春日局は、駿府城に健在だった家康に直談判して、徳川家の家督相続は長子相続であるとの言質を取り付け、三代将軍は竹千代であると決定したのである。

春日局は家光に後継者を作らせるため、江戸城内に大奥という女の園を作ることになる。春日局はなんとしても家光の子を産ませなければならない。

三代目で徳川宗家が絶えては困る。

京の五摂家鷹司《たかつかさ》家から孝子《たかこ》姫を正室に迎えた。

側室にはお振《ふり》、お楽《らく》、お夏《なつ》、お万《まん》、お玉《たま》、お里佐《りさ》、おまさ、お琴《こと》と気立てのいい美女を揃える。

それでも家光の世継ぎをお楽が産むのは、家光が三十八歳になってからだ。

春日局の苦労は並大抵ではなかった。

「お福が甘やかしすぎたからだ」

「お福の子育ては間違っている」

誹謗中傷が春日局に降り注いだが、家光がその気にならなければ話は始まらない。

一方で忠長の存在は、幕府内に家光派と忠長派を作る重大事態になる。

駿河、遠江、甲斐など五十五万石でも忠長は満足せず、大坂城五十五万石が欲しいと言い出して、家光に反抗する態度を明らかにした。

徳川宗家の分裂だ。

大坂城が欲しいということは東西を二分したいということに等しく、幕府が最も嫌い最も警戒する考えだ。

それを主張する忠長は幕府にとって、最も危険で放置できない存在になる。

やがて家光は弟を改易にして甲斐の甲府に蟄居を命じ、その後、上野高崎《たかさき》城に逼塞させ寛永十年（一六三三）十二月に切腹を命ずる。忠長は二十八歳だった。

野風呂

元和七年（一六二一）正月、重信は八十歳になった。

「小兵衛、その乱取備前をそなたにやる。わしが楯岡因幡守さまから頂いた太刀だ」

「因幡守さま？」

「そうだ。因幡守満英《みつひで》さまは祥雲寺の中興の祖といわれるお方だ。春になったら因幡守さまの墓前に報告しておくように……」

「はい！」

重信は八十歳にして木通の杖が一本だけになった。やがてその杖さえ置く時が来る。

「本来人間無一物だな……」

「おめでとうございます……」

ニコニコと妙穐尼が重信に正月の賀詞を述べた。

重信に無一物中無尽蔵、草木国土悉皆成仏など、禅の奥義を教えてくれた祥雲寺七世楚淳大和尚はもういない。

八世淳雄大和尚も九世鷲曹大和尚も亡く、十世徳翁淳哲《じゅんてつ》大和尚が住職の座にいる。

すべてが遠くなっていく。

吹雪でない限り、重信は小兵衛と小雪、それに氏心を連れて月心庵から祥雲寺に行き、座禅をする。

それが済むと林崎の熊野明神まで戻ってくる。

月心庵に帰ってくるのはいつも昼頃になった。

そんな正月のある日、楯岡城の楯岡甲斐守光直から重信が招かれた。

重信は最上家の後継者問題の混乱を聞いてはいたが、どのようなことになっているのかまでは知らない。

知ろうとも思っていない。

三人の弟子を連れ、城からの迎えの駕籠に乗って登城した。

雪に包まれた楯岡城は西楯山、中楯山、東楯山の三峰に弓型に築かれた城で、承元二年（一二〇八）鎌倉初期に築城、弘長元年（一二六一）に再建されたともいう古い城だ。

大手門から七曲りとも九曲りともいう大手道を、二百五十間ほど登って行くと西楯山と中楯山をつなぐ鞍のような尾根に出る。

左に行けば本丸、二の丸、三の丸のある城の主郭部、右に行けば中楯山から東楯山の曲輪群に行けた。

全山に数十段の曲輪が建てられて三峰が要塞化されている。

東西五百間、南北三百二十間といい、一万六千石の城にしては非常に大きい城になっていた。

北麓に祥雲寺があり、西麓を南北に走る奥羽街道沿いに城下がある。

その城下外れの北に林崎の熊野神社があった。街道の南には見えないが東根城、天童城、山形城が並ぶ。

氏心ら三人は控の間に通され、重信一人が広間に案内された。

そこには甲斐守の他に山野辺義忠がいて、重信の知らない武将と甲斐守の家臣が二人いた。

「新玉の賀詞を申し上げます」

重信が主座の前に進んで甲斐守に挨拶した。

「老師にどうしても紹介したいご仁がおられるので、急なことではあったがお呼び立てしました……」

「さて……」

「真室《まむろ》城の鮭延《さけのぶ》越前守殿でござる……」

重信が初めて見る髭面の武将を甲斐守が紹介した。瞬間、越前守が太刀を握り腰を浮かした。

「ご免ッ！」

いきなり太刀を抜こうとしたが、一瞬早く、無腰の重信は腰から白扇を抜き取ると、太刀の柄を握った越前守の右手をハシッと軽く打って抑え込んだ。

もう太刀を抜こうとしても抜けない。

「まいりました……」

「失礼仕りました」

正月で六十歳になった鮭延越前守が、重信に頭を下げ静かに太刀を傍に置いた。

猛将鮭延越前守秀綱《ひでつな》は名門近江源氏佐々木一族である。

関ヶ原の戦いの時、長谷堂城を上杉軍に包囲された際には、越前守は上杉軍の本陣に肉薄する奮戦で、上杉軍の名将直江兼続に迫る戦いをした。

「鮭延が武勇は信玄、謙信にも覚えなし！」

その兼続が絶賛する戦いぶりだった。

真室城一万千五百石の城主鮭延越前守が楯岡城を訪れた背景には、最上家の後継者問題があった。

最上家の当主は、最上義光の孫である義俊であるが、越前守はそれに反対しており、義光の子である山野辺義忠を最上家当主に推す急先鋒なのだ。

山野辺義忠派の楯岡光直、鮭延秀綱は、最上義光の孫である最上義俊派の松根光弘と激しく対立していた。

両派が激突しそうな厳しい状況に最上家は真っ二つに分裂している。

「老師に一つ伺いたいが？」

「さて、この老人に聞きたいこととは……」

「主家の間違いを正す策は？」

越前守が正面から大問題を聞いた。甲斐守と山野辺義忠が聞いている。二人の家臣が驚いた顔だ。

「主家の間違いとは、噂に聞く最上家の家督のことでありましょうか？」

重信が越前守の一撃をがっちりと受け止めた。三人が重信の言葉を聞いて渋い顔をする。

表立ってははばかられる内容の話だ。

「応仁の大乱は三管領の畠山家と、最上家のご先祖である斯波家の家督争いが、細川家と山名家の勢力争いに発展、足利将軍家まで継嗣問題を抱えてしまい、その大混乱を誰も収拾できずに十年も戦い続け、遂には百年の乱世を招いてしまった」

重信が家督争いの危うさを話す。

「その乱世を信長さまが薙ぎ払い、秀吉さまと家康さまが泰平の世に整えました。大御所家康さまは三代将軍に竹千代さまを決める時、徳川家は長子相続と仰せられたと聞きます」

この頃、家督相続の形式はまだ決まっていなかった。

親が子どもの中から気に入った子に相続させることが多い。一旦、相続者を決めた後に親が翻意、その弟に継がせようとするなど廃嫡問題が起きたりして、大混乱になることが大名家では少なくなかった。

「家康さまは家督相続の混乱を防ぐため、徳川家は長子相続と決められたものと考えます。徳川家の家臣は家康さまの考えに従うのが筋目と思います」

重信は家康の長子相続に準じるべきだと主張した。

「若年で、暗愚であっても？」

越前守秀綱は最上義俊を若年にして、酒色にふけり政を顧みないと批判する。

「家康さまは両親に愛され、誰もが聡明さを認める国千代さまを退け、人望のない長子竹千代さまを選ばれました。その意味するところを考えるべきでしょう」

「老師は何ゆえと考えられる？」

「一つは相続の形式を長子相続に決めて徳川家というお家を安定させる。もう一つは主君の輔弼《ほひつ》の責任は家臣にあるということを決められたのでしょう」

「愚かな主君でも？」

「さよう、高禄を安堵されているのは何のためか、そこを考えればおのずとわかることです」

「幕府は末期養子を禁じるなど家督相続には厳しい。騒動になれば五十七万石の改易も考えられましょう」

改易と聞いて越前守が驚いた顔で重信をにらんだ。

「鮭延殿、その話はもうよろしいではないか、まずは、老師、正月の一献を……」

甲斐守が二人の話の間に入って話柄を変えた。

「頂戴いたしましょう」

甲斐守の家臣が重信に盃を渡して酒を注いだ。

話を聞いている山野辺義忠は終始沈黙している。

将軍秀忠の近習でもあった聡明な義忠には、家康が何を考え徳川家の長子相続を決めたかわかるはずだ。

何が義忠を躊躇《ちゅうちょ》させているのか重信にはわからない。

最上義光の四男であればお家の大切さは分かっているはずだ。

三十四歳で分別のわからない歳ではない。

関ヶ原の戦いでは家康に人質として預けられている。傍近くで家康を見てきたはずなのだ。出羽一の美女といわれた深堀郷士の娘である母親も健在で、この時、山野辺城で一緒に暮らしていた。

「しかし……」

重信が聞いている噂では、最上家の家臣のほとんどが義忠を支持しているということだが、それが義忠を躊躇させているのかも知れない。

義忠が引けば最上家の相続は甥の義俊で決まる。だがそうはならない。

他に何があるのか最上家内のことはわからないが、武家には意地という考え方があってこれが実に厄介である。

また、義忠派の楯岡甲斐守光直の兄は長瀞義保《ながとろよしやす》といい、義俊派の松根備前守光広の父なのだ。

つまり甲斐守光直は甥に対抗していることで複雑だった。

この一族の間にどんな確執があるのか重信にはわからないが、お家騒動となれば重大なことになりかねない。

重信は正月の酒を二献頂戴し、しばらく甲斐守と剣の話をして城から下がったが、最上家の義忠派と義俊派の対立はかなり深刻だと感じた。

実はこの時、両派の対立は頂点に達して、いつ爆発してもおかしくないところまできていた。

義俊派を支える松根光広三十三歳は、支持する家臣が少ないことで憔悴《しょうすい》している。

頼りの義俊は十六歳で老臣たちを納得させる人望がまったくなかった。

氏心と小兵衛と小雪は、お城の豪勢な正月料理を馳走になり上機嫌だ。重信が出された正月料理を食べなかったので、妙穐尼へみやげとして城の者が持たせてくれたのである。

やさしい可奈は氏心の妻になっても月心庵に来て、お良と一緒に妙穐尼の世話をしている。そんな可奈を妙穐尼も可愛がった。

狭い月心庵に重信たちが帰ってくると大騒動だ。

重信、妙穐尼、氏心、可奈、お良、小兵衛、小雪、そこに勝信、お里、菊池半左衛門、小梅が集まると、二部屋しかない小さな月心庵は賑やか過ぎて崩れ落ちそうだ。

そんな正月が過ぎると雪が降らなくなり、木の根元から急激に雪が消え始める。

北国の冬は雪が来るのも早いが去るのも早い。祥雲寺に行く道の土手に蕗《ふき》の薹《とう》と土筆《つくし》が顔を出すともう春だ。

「お師匠さま、奥の院を見てまいります！」

小兵衛が氏心と一緒に甑岳の麓から石城嶽に登って行く。

菊池家の若い衆が真冬でも重信の庵の雪を降ろしている。一晩で三尺以上も雪が積もるのだから、放置すれば庵はたちまち潰れてしまう。

小兵衛が奥の院への道を開くと、重信と林崎熊野明神の藤原別当祠官が登って行き、細野村からも村人が登ってくる。この奥の院は古くから多くの人々に大切にされている神域なのだ。

その神域に小雪の元気のいい気合声が響くと、麓から釜ヶ沢沿いに春が一気に登ってきた。

菊池家の若い衆が米や餅を背負ってくる。

山桜が散り山々の木々が一斉に芽を吹くと羽黒山の妙覚坊が姿を現した。

出羽三山の山伏にとって奥羽の山々や甑岳、葉山などが修験道の修行の場となる。

麓の村人たちは五穀豊穣、家内安全、病魔退散などの有り難い羽黒山のお札を待っていた。妙覚坊の祈禱を待っている家も少なくない。

この辺りでは山岳信仰が当たり前なのだ。

百姓衆が白装束で甑岳や葉山に登ることもあり妙覚坊が先導する。遠い羽黒山まで行く者もいた。

妙覚坊は二十七歳になり村人に信頼されている。

氏心、小兵衛、妙覚坊の稽古は激しく小雪が置き去りにされる。その小雪を相手に重信が稽古をしてやった。

「小雪、神夢想流居合の神伝居合抜刀表一本を伝授する。脇差を腰に差せ！」

「はいッ！」

小雪が木刀の小太刀を置いて、菊池半左衛門から譲られた脇差を腰に差した。十五歳になって背丈も伸びて脇差が腰に馴染んでいる。

「真剣を抜く時は気持ちを引き締めて、寸分の油断もあってはならぬ！」

「はいッ！」

「小兵衛もよく見ておくように……」

小兵衛と小雪は重信に許され真剣を抜く稽古は既にしていた。

「息を整えて、力を抜いて構え、ゆっくり抜きなさい」

「はいッ！」

重信が神夢想流の居合を伝授し始めた。

それは見ている氏心や小兵衛や妙覚坊に対する指南でもある。もちろん、氏心はだいぶ前に伝授されている。

そんな中で、重信と弟子たち四人が銀山に出かけた。

奥の院から細野村に下りると、延沢城下を通って銀山まで三里半ほどで行ける。

長禄元年（一四五七）に銀山の採掘が始まって、銀山川と呼ばれるようになった谷川の岸辺に、温泉が湧き出しているのが見つかり、鉱夫たちの疲れを取る良好な温泉場ができていた。

温泉宿ができるのは銀山が閉山になってからで、温泉場は粗末な板塀を巡らした谷川の野風呂である。十五歳の小雪はまったく恥じらうことなく、裸になると重信の傍に入ってきた。

乳房が少し膨らんできた生娘だ。

「いい湯だな？」

「はい、ここの湯に入るのは二度目です」

「ほう、小梅ときたのか？」

「小さい時にお婆と姉と兄と一緒です」

野風呂は三、四坪ほどで五人の他に、子ども連れの男女が首まで湯につかっている。

夕刻には山から銀採掘の男女が下りて来て、二、三十人の男女が殺到し野風呂は毎日大騒ぎの大人気だ。

金銀山には温泉が湧き出していることが多い。

この銀山は延沢城の延沢一族が支配していたが、今は最上家も銀山支配にかかわっている。

掘り出された銀は背中炙峠を越えて楯岡城下に運ばれた。

そのため、楯岡城下も銀山の恩恵で、人、物、銭が集まって繁盛している。

この後、最上家が改易になると、銀山は幕府の直轄領となり、銀は大石田に運ばれて最上川の川舟に積み込まれ、酒田まで下って西回りの船で大坂や江戸に運ばれるようになる。

銀山の最盛期は寛永年間で、その規模は巨大で二十万人から三十万人の人が犇《ひし》めく、ことになったという。

財政の苦しくなった幕府のため、良質な銀は一気に掘り尽くされることになる。

幕府は江戸の急激な膨張で際限なく金銀を必要とした。

拡大した江戸はいくらでも金銀を呑み込む、得体の知れない巨大な化け物に成長しつつあった。

やがて将軍はじめ幕府の重臣の悩みは、苦しい財政の改革になっていく。

この頃、銀山に入る入口から二十町ほど下った楯跡に、曹洞宗の薬師寺という寺の移転が始まっていた。

この辺りでは見かけない大きくて立派な山門の寺だった。

重信一行はその寺に三日間泊まって、何度も銀山川の野風呂に通いその河畔で剣の稽古をした。

銀鉱山には大きな滝の傍を登って行かなければならず、そこは鉱夫など銀山の関係者以外は立ち入れないように番人がいる。

五人は銀山の野風呂で湯治をたっぷり楽しんで奥の院に戻ってきた。

夏が過ぎると妙覚坊が羽黒山に戻り、入れ替わるように、数日後には江戸の三河屋七兵衛が現れた。

七兵衛は武家だったが、江戸の両替商三河屋の一人娘七恵と相思相愛になり一緒になった。

「七兵衛殿、本郷の六助殿は息災にお暮らしか？」

「一年ほど病に臥しておられたのですが、何とか冬は越したものの春になって……」

「亡くなられたのか？」

「はい、突然のことにてお吉殿一人に看取られましてございます」

「そうですか……」

「昨年、お吉殿が女の子を産みまして……」

「何んと……」

重信が七兵衛の話に驚いた。そんなことがあるのかと思う。

「七兵衛殿の叔母ということか？」

「はい、そういうことになります。木鶏庵で母子とも元気で暮らしております」

「それは驚きました」

あの元気のいい六助老人ならあり得ないことではないと思う。お吉がどんなに喜んでいるかと想像できる。

三河屋七兵衛は山形城下の豪商長谷川家に用向きがあり、その仕事が終わって家人一人を連れ、楯岡城下まで来て月心庵に立ち寄ってから奥の院に顔を出した。

もう武家の面影はなく、江戸の両替豪商三河屋七兵衛だ。義父の八兵衛の片腕になれるまで成長している。

「日本橋の方々はお元気で？」

「はい、お小夜殿が望まれて近くの商家に嫁ぎました」

「そうですか……」

この頃の江戸はひどい女不足で、男五、六人に女が一人という有り様だった。幕府の頭痛の種だが打つ手がなく、庄司甚右衛門が作った日本橋吉原などの遊郭が大人気になっていた。

「箱根の皆さんも息災と聞いております」

七兵衛は一刻ほど重信と話して、氏心や小兵衛と一緒に山から下りた。

改易

冷たい秋風が吹き始め山々を吹き抜けて行く。

重信は石段に半跏趺坐で座り法界定印を結んで息を整えた。夕闇の中で座禅を組んで重信の一日が終わる。

山々が錦に染まる頃、奥の院から下りる支度をしなければならない。

そんなある朝、氏心、小兵衛、小雪の三人が奥の院に上ってくると、半刻ほど遅れて楯岡甲斐守光直が、祥雲寺の徳翁淳哲大和尚と家臣五人を連れて現れた。

「これは甲斐守さま、お使いをいただければお城にお伺いいたしますが……」

「いや、時には山に上らないと腹に脂が溜まって困る」

ニッとはにかむように微笑んだ甲斐守は太ってきていて、家臣に尻を押されて奥の院に上ってきた。

重信は稽古の手を止めて甲斐守と淳哲大和尚を庵に招いた。

心得ている小雪が大急ぎで、「何もありませんが……」といって、甲斐守と大和尚に白湯を出した。

「山はもう寒い……」

「間もなく、月山に雪がまいりましょう」

「今年は豊作にてようございました」

淳哲大和尚がそういって合掌した。

城に続々と年貢米が運び込まれてくる忙しい時期になっている。どこも豊かな収穫によろこんでいた。

「例の最上家の騒ぎのことなのだが……」

甲斐守は最上家の家臣団の多くが支持する山野辺義忠派の中心人物である。最上家の命運を握っているともいえる。

「行くところまで行くしかない情勢になってきました」

「収拾できないということですか？」

苦しげに言う甲斐守はあきらめている様子だ。出羽五十七万石が潰れるか生き残れるかという危機だ。

「義《よし》姫さまは？」

義姫は最上義光の妹で伊達家に嫁ぎ政宗を産んだが、その政宗と不仲で、だいぶ以前から山形城に戻ってきていた。

重信はそれを知っている。

義姫は七十四歳で甲斐守光直六十三歳の姉だ。

「このことについて姉上は多くを話しません……」

甲斐守には、四年前の元和三年に最上駿河守家親を暗殺したという噂があるのだ。

重信は甲斐守がそのような卑怯な振る舞いをしたとは思っていない。

伊達家に嫁いだ義姫でもこの騒動を止められない。実家の揉め事にかかわりたくないのだろうと重信は思う。

それでなくても息子の政宗が、この騒動にかかわっているかもしれないのである。

「松根備前守さまとは和解できないということですか？」

「鮭延殿など家臣団が納得しないかと……」

最上家には家臣団を抑えられる実力者がいないということだ。淳哲大和尚は目を瞑って二人の話を聞いている。

「五十七万石を潰してもよいと？」

「いや、兄上が築いた五十七万石を潰すことだけは回避したいが……」

「甲斐守さま、幕府は外様大名の取り潰しには容赦しないと聞いています」

「そうです……」

その時、重信はふっと甲斐守が奥の院まで登ってきた意図に気づいた。

幕府への使者を頼みに来たのではないかということだ。神夢想流居合の林崎甚助重信という名を知らない大名や幕臣はいない。

柳生宗矩や北町奉行の米津《よねづ》勘兵衛田政《ただまさ》など、幕政に影響する徳川家の重臣たちにも重信は知られている。だが、これまで、重信は政治向きのことには一切近づいたことがない。

ましてや、お家騒動に発展しそうな重大事で、一介の老剣客が江戸に出て行って何かできることではない。

幕府には幕府の考えがある。

ここにきて甲斐守の苦しいもがきなのだ。

事ここに至る前に最上義光の弟として打つべき手はあったはずである。

それをわかっているだけにこの期に及んで、甲斐守は重信に江戸へ行ってくれとは言いにくい。

「老師は天海さまや柳生さまなど幕府にお知り合いが多いとか？」

目を瞑っていた淳哲大和尚がボソッといった。

「一介の浪人に何が出来ましょうや……」

重信は一介の剣士には、とても五十七万石を救うことなどできないと思う。

幕府の大名取り潰しの方針を転換させるような話だ。

こうなる前に徳川家と婚姻するとか、酒井家や本多家と婚姻するとか、いくらでも打つべき手はあったはずなのだ。

そういう親藩や譜代と縁組した家を幕府は簡単には潰さなかった。わかっていたはずなのにこの時、最上義俊は南部家の七姫を正室に迎えている。あまりに考えが浅い。

戦略がなさすぎる。兵法のない戦いは勝てない。

南部家ではいざという時、なんの助けにもならないとわからなかったのか。

とても重信の手に負える話ではない。それは甲斐守も淳哲大和尚もわかっていての話し合いだ。

何とかなる話なら、八十歳の老躯を引きずってでも江戸に行くが、家中が真っ二つに割れていてはどうにもならない。お家騒動を起こすと幕府の介入を免れない。発覚した途端に江戸城に話が移ってしまう。

この話し合いはまとまらなかった。

三人の話し合いは一刻を超えて行われた。重信は江戸に行くことを丁重に辞退する。

最上家の深刻な事態は年が明けて急転した。

義俊派の松根備前守光広は家臣団の支持が少なく追い詰められる。

備前守は山形城下と庄内鶴岡を結ぶ唯一の道である六十里越街道に、松根城、白岩城を置いて通行を押さえている実力者だが、まだ三十四歳と若くついに我慢の緒が切れた。

突然、備前守は幕府の老中酒井忠世に「最上駿河守家親の死は、叔父の楯岡甲斐守光直が毒殺したからである」と訴え出たのだ。

それまでは最上家の騒ぎにとどまっていたが、遂に、最上家のお家騒動として天下に公表されることになった。

五十七万石のお家騒動を重大と見た幕府の動きは早かった。

五十七万石の大名が毒殺されたという訴えに対し、幕府も家親の急死を不審死と思っていただけに、即刻、老中酒井忠世は楯岡甲斐守に出頭を命じる。

万事休す。

幕府に取り潰しの口実を与えてしまった。

甲斐守は急遽、供揃えもそこそこに雪の中を馬に乗って江戸に向かう。護衛の騎馬隊は寒さに震えながら殺気立っている。甲斐守一行は板谷峠を越えて出羽を出ると一気に江戸へ向かった。

一行が江戸に到着すると旅装を解いて甲斐守は江戸城に出頭した。

まだ、大目付の制度がなく老中の権限での調べである。この頃の幕府はまだ未熟で将軍、老中、江戸町奉行という体制でしかなかった。

大目付も目付も若年寄もない。

「お呼び出しにより出頭いたしましてございます」

「うむ、大儀である。言葉を改めるゆえ、包み隠さず答えてもらいたい……」

「はッ、畏まりましてございます」

「松根備前守から、最上駿河守を楯岡甲斐守が毒殺したと訴えが出ておる。よって取り調べを行う……」

「承知いたしました」

「まず、駿河守が死んだ場所だが、そなたの楯岡城か？」

「いいえ、亡くなりましたのは山形城にございます」

「駿河守はそなたの城にいたというではないか？」

「はい、共に猿楽を見物しましてございますが、駿河守さまは機嫌よく山形城に帰られましてございます」

「飲食は？」

「いたしました」

「毒見はしたのか？」

「はい、料理人と駿河守さまの近習がいたしました」

ことがことだけに老中自らの取り調べは厳しかった。

逐一言葉を改め、微に入り細を穿つ老中の調べは数日続いた。

駿河守の死を検死した医師のことや、その猿楽の時に飲食した献立などが細かく調べられた。

毒殺の証拠らしきものは見つからず、甲斐守には問題なかったが、最上家の騒ぎは家督相続の問題で、最上義俊派と山野辺義忠派に分かれて、騒動になっていることが判明する。

そのお家騒動を重く見て幕府が義俊派と義忠派の仲介に入った。

ところが外様大名の取り潰しに積極的な者と、家康と最上義光の長い付き合いを考慮すべきという者と幕府内が割れた。

そこで幕府から出た仲介案はいきなりの改易ではなかった。

義俊十七歳が成長するまで六万石に減封、成長後に本領を安堵するという、幕府にしては珍しい温情的な決定だった。

家康がまだ伏見城の秀吉のもとにいる頃から、最上義光が秀吉ではなく家康によしみを通じていたことを幕府は重く見た。

家康に対して義光は忠勤だったということである。

ところがこの幕府の決定に、松根備前守とは口もききたくない山野辺義忠や鮭延越前守秀綱が納得しない。

義忠派は「松根光広のような奸臣を重用する義俊を主君にはできない！」と強く反発した。

主君を暗殺したと訴えられた甲斐守光直が、激怒して「家臣と高野山に登って出家する！」と言い出すに及んで、幕府は最上家五十七万石の改易を決断する。幕府の裁定を受け入れられないというのでは仕方がない。騒動はそこまでこじれてしまっていた。

重信が危惧したように最悪の事態に陥った。

運命の邂逅

幕府の決定は厳しかった。

元和八年（一六二二）八月二十一日になって、最上義俊は家中取り締まり不行き届きにより改易。

出羽五十七万石を召し上げ近江大森一万石に減封。

義俊が二十六歳で死去すると子の義智は二歳で家督相続、五千石に減封のうえ旗本寄合になる。

山野辺義忠は備前岡山藩主池田忠雄にお預けとなった。

後に水戸徳川頼房に一万石で仕官、家老となり水戸光圀の教育係になる。

楯岡甲斐守光直は九州豊前小倉《こくら》藩の細川忠利にお預け、後に子孫が細川家の家老となる。

松根備前守光広は九州筑後柳川藩主立花宗茂にお預け、後に子孫が伊予宇和島の伊達家に仕官し家老となった。

鮭延越後守秀綱は幕府老中土井利勝に五千石で家臣になるが、五千石は全て家臣に分け与えて、その家臣の家を転々と回って暮らしたという。

九月になると幕府は山形城明け渡しの接収役に、幕府の上使として宇都宮城主本多正純や、北町奉行米津勘兵衛、南町奉行島田利正らを山形城に派遣する。

万一、最上家の家臣が城の明け渡しを渋れば、騒乱になることも考えられ米沢上杉家から軍が出動した。

ところがこの時、上使である本多正純を糾問するため、幕府は伊丹康勝と高木正次の二人を使者として差し向けている。

本多正純は父である亡き正信同様、家康の側近だった頃から威勢を誇っていた。

その上、将軍秀忠に叛くことが多く、秀忠の側近たちに酷く恨まれている。

秀忠の側近の中から、老中土井利勝のように力をつけた者が現れるようになると、本多正純は追い詰められた。

父本多正信は生前、三万石以上の領地を望めば、妬まれ恨まれると正純を戒めていたが無駄だった。この頃、本多正純は宇都宮十五万五千石の大名になり周囲から怨みを買っていた。

父親の言いつけを正純は守れなかったのである。

山形城の接収は問題なく終わったのだが、本多正純は追ってきた伊丹と高木に詰問されることになった。

正純にかけられた疑いは、宇都宮城釣り天井事件と称される将軍暗殺計画、鉄砲の無断購入、城の無断修理、さらに城に抜け穴を作り、将軍の家臣である根来《ねごろ》同心を処刑したなど数多い。

　将軍秀忠は正純の振る舞いに激怒していた。

　伊丹康勝と高木正次の詰問は容赦がない。その十数ヶ条の詰問の中に正純の答えられないことが幾つかあった。

　それをもって本多家は改易と決まり、正純と息子の正勝はわずか千石で、佐竹義宣の出羽由利に流罪、後に出羽横手に幽閉される。

　牢獄ではないが板戸で囲われた配所での生活は過酷で、正勝は正純より先に死去、正純は配流されて十三年後に横手で死去する。

　幕府もあれこれと忙しい。

　最上家は散り散りになり、出羽五十七万石は露と消えた。

　東国一の巨大な城もたちまち縮小され、最上義光の栄華も霧か霞の如くに消えてしまう。

　山形城を別名霞城というのは皮肉だ。まさに幻の城になってしまう。

　重信のいる奥の院に家臣二十数人を率いた江戸北町奉行の米津勘兵衛が賑やかに現れた。

「老師、この山登りは戦と同じじゃ！」

「これはお奉行さま……」

五十九歳の勘兵衛は家臣と細野村から釜ヶ沢を登ってきた。

勘兵衛は三河碧海《へきかい》で生まれた。家康の小姓を務め、慶長九年（一六〇四）に家康に抜擢され初代北町奉行に就任。以来十八年になる。

家康と秀忠の二代に信頼され、江戸の治安を築き上げた名奉行だ。この三年後に亡くなるまで奉行職にいる。

「狭いところでございますが……」

重信が勘兵衛を庵に案内した。

「こちらは幕府の勘定方、伊丹殿でござる」

勘兵衛が伊丹康勝を紹介した。

二人は幕府が接収する延沢銀山の検分に来たのだが、江戸を出立する数日前に、江戸城中で柳生宗矩と会って勘兵衛は重信の話をしている。

「このような山奥にお出でいただき恐れ入ります」

「なかなか、深山幽谷にて剣の修行には結構なところでござる」

「お奉行さまは三河の生まれと伺っておりますが？」

「碧海の米津というところで生まれ、大御所さまの小姓に使っていただきました」

「その三河生まれの者がおりますので、お会いいただけますでしょうか？」

「老師の弟子？」

「はい……」

　重信が二人の客に白湯を出した小雪に「氏心殿を呼んできてくれ……」と頼んだ。

「その者は三河長沢村に住んでおられる関口氏幸殿の子息にて……」

「老師！」

　勘兵衛が驚いて重信の言葉を切った。

「長沢村の関口殿というと、今川家の分家の……」

「そうです」

「それは、大御所さまのご正室瀬名さまとご長男信康さまの……」

「はい、氏幸殿は信康さまに仕えておられました」

「その関口さまであればよく存じております。伊丹殿もお会いになったことがあるのでは？」

「はい、駿府でお会いいたしております」

　四十八歳の伊丹康勝の父康直は甲斐武田家の勝頼《かつより》の重臣だった。

　武田家の家臣を集めた家康のもとに来て康直は徳川家の家臣になった。

　その三男の康勝は駿河の清水で生まれたから、今川家のことも関口家のこともよく知っている。

今は土井利勝の後ろ盾で大出世していた。

幼少から家康の家臣だった勘兵衛と康勝は、家康の長男信康の家臣だった関口氏幸をよく知っている。

関口家は今川家の分家で八幡太郎義家に連なる名門なのだ。

重信に呼ばれた氏心が庵に入ってきた。

「江戸の北町奉行米津勘兵衛さまと伊丹康勝さまです……」

「はい、お名前は存じ上げております。お初に御意を得まする。関口弥六右衛門氏心にございます」

若き剣士の氏心が二人に頭を下げた。

「関口殿は幾つになられる？」

あまりに若い氏心に勘兵衛が聞いた。

「二十五歳になりましてございます」

「お父上の氏幸殿は息災かな？」

「はい、三河長沢村にて道場をしております」

「お会いしたのは三十年も前になりましょうか、信康さまご切腹の後、関口殿が浪々の身になられたと聞いておりました」

「父は瀬名さまと信康さまを同時に失いましたので……」

「そうであった……」

瀬名と信康の母子は信長に武田家に通じたと疑われ、家康は信長ににらまれることを嫌い二人に死を命じた。

信康は将軍秀忠の兄である。

康勝は勘兵衛と氏心の話を聞いていた。

人の運命は邂逅によって決まる。いつ、どこで、誰と出会ったかによって人生模様が決まるといえる。

この奥の院で米津勘兵衛と伊丹康勝に会ったことで、その存在が将軍秀忠の耳に達し、氏心はやがて御三家の紀州徳川頼宣に仕えることになる。

「老師、天下一の剣と聞く居合を拝見したいが？」

「承知いたしました。氏心殿が相手をします」

「では……」

勘兵衛が家臣を呼んで支度を命じ重信と一緒に庵を出た。三十人近い人数で奥の院の広場が埋まっている。

「場所を開けろッ！」

勘兵衛の家臣が叫んだ。奥の院にこんな人数が集まったことはない。

山伏や村の者が登ってきても精々十数人だ。勘兵衛の家臣たちに混ざって小兵衛と小雪が心配そうに見ている。

氏心と若い家臣が襷を掛けて支度をすると、小兵衛が若い家臣に木刀を差し出した。

「お借りする！」

木刀を二度、三度と素振りをして中段に構える。氏心も中段に構えて間合いは一足一刀、氏心得意の必殺の間合いだ。

若い家臣は居合の恐ろしさを知らない。木刀を上段に上げる。

易々と打ち込んだ瞬間、氏心が後の先で動いた。

氏心の木刀が若い家臣の左胴から入って真っ二つにした。

神伝居合抜刀表一本水月、若い家臣が奥の院の磐座の前に転がった。田宮流居合に負けず氏心の剣も美しい。

「まいった！」

一瞬の一撃必殺だ。

「お奉行さま、総がかりでいかがか？」

「総がかりとは何人でも……」

「はい、この広さですから五、六人がよろしいかと……」

「よし、若い者を五人選べ！」

勘兵衛が傍の家臣に命じた。

重信は幕府の重臣二人に、神夢想流の秘技万事抜を披露しようという。それを聞いた氏心が草鞋を確かめ、新しいものに履き替えることにした。

小兵衛と小雪が木刀を五本並べて置き、氏心が草鞋を履き替えるのを手伝って支度を整える。

小雪の小太刀を入れて木刀が五本しかなく、選ばれた五人が刀の下げ緒で襷掛けをして足場を確かめていた。

秘技万事抜はまだ小兵衛と小雪には伝授されていない。

この狭い場所での一対五の立ち合いで、何が起きるか見ている二人は心配だ。その二人に氏心がニッと小さく微笑んだ。

「では、始めます！」

勘兵衛の家臣が若い五人を傍に呼んだ。

「怪我をしないように……」

「承知！」

「よし……」

五人が氏心を取り囲んで木刀を中段に構えた。狭い場所での立ち合いは一瞬で決まる勝負だ。

「始めッ！」

氏心は前と右から同時に来ると察知した。

二人同時の攻撃に小雪が目を瞑った。氏心がやられると思ったのだ。

だが、氏心の剣が速く右から来た男の胴を斬ると、前から来た剣を跳ね上げて、脇の下から斬り下げ後ろの敵に構える。

後ろが躊躇している間に左の剣を受け止め、逆袈裟に斬り上げてから後ろの敵の胴を横一文字に斬った。

あっという間に四人が転がった。

最後の一人も脇腹から斬り上げられて膝から崩れ落ちる。

「見事……」

伊丹康勝がつぶやいた。

「強い……」

勘兵衛もかつて見たことのない強さに度肝を抜かれた。

まさに、天下一の剣というに相応しいと思った。蝶の舞うが如くに氏心の剣が乱舞する。

「良い剣を見せてもらった。関口殿、また会おう……」

「はッ！」

山を下りた米津勘兵衛の騎馬隊三十騎ばかりが、細野村から羽州街道に向かって秋空の下を駆け抜けた。

この後、山形城には新年を待たずに、陸奥磐城《いわき》平《たいら》藩十万石の鳥居忠政五十七歳が二十万石で加増移封する。

その忠政の妹婿戸沢政盛《とざわまさもり》が新庄藩六万石を加増立藩するが、城がないため築城するまで鮭延秀綱の真室城に一旦入った。

楯岡城は廃城となり大石田、井出、深堀などの領地一万六千石は新庄藩となる。

庄内鶴岡城には忠政の娘婿酒井忠勝が十三万八千石で加増移封。

上山城には忠政の従弟松平重忠が四万石で加増移封、出羽五十七万石は幕府の方針で鳥居一門に分割されてしまった。

鳥居忠政は関ヶ原の戦いの時には江戸城の留守居だった。

父親の鳥居元忠は伏見城の留守居で、上杉征伐に向かう家康は元忠と別れの盃を交わした席で「手勢不足で三千ほどの兵しか残して行けぬ。苦労をかける」と詫びたという。

「殿が天下を取るためには一人でも多くの家臣が必要になります。この伏見城は大坂方の大軍に包囲されれば討死するほかはなく、それがし一人にても戦う覚悟はできております。なにとぞ、一人でも多くの兵をお連れくださるように……」

元忠はそう言って家康を励ました。

その言葉に家康がよろこび、二人は夜を徹して酒を酌み交わしたという。

元忠はその言葉通り宇喜多秀家らの大軍に攻撃され伏見城で討死する。この時、三河武士の猛将元忠は六十二歳だった。

元忠は幼い家康が今川家の人質になった時から傍を離れない忠臣だった。

家康は伏見城を任せて「死んでくれ……」と言ったのだ。以来、徳川家にとって鳥居家は特別な存在になる。

その鳥居家と婚姻で縁を結んだ新庄戸沢家は、多くの大名家が移封される中、明治まで新庄城から移封されることはなかった。それはいつも鳥居家とあったからだ。

神夢想流居合はその新庄城下で発展する。

鳥居家の後、山形城は二十万石で保科正之、次は十五万石で松平直基、次が十万石で松平忠弘、次が九万石で奥平昌能《まさよし》と城主が変わるたびに石高が小さくなり、最後は五十七万石が五万石となり、最上家の繁栄は城の一部を残し跡形もなく消えてしまう。

延沢銀山と銀の積み出し湊の大石田は天領となって、銀と紅花の恵みで目覚ましい繁栄を遂げる。

剣士、死す

翌元和九年（一六二三）六月二十五日、二代将軍徳川秀忠が禁裏《きんり》に参内《さんだい》、七月二十七日に将軍職を息子の家光二十歳に譲り大御所になった。

重信は八十二歳になっていた。

奥の院の庵に住み、氏心と小兵衛と小雪が毎朝石城嶽を越えてくる。小兵衛と小雪にも神夢想流神伝居合抜刀表二十二本と秘技万事抜を伝授した。

そんなある日、重信は稽古が終わると三人を庵に呼んだ。

何だろうと三人が重信の前に並んで座る。氏心二十六歳、小兵衛二十歳、小雪十七歳だ。

「三人に言い残したいことがある……」

重信の言葉に三人が緊張する。

「わしが死んだらこの山のどこかに人知れず埋めてもらいたい。墓標はいらぬ。この山がわしの墓標だ。三人に頼んだぞ。小兵衛、小雪、いいな……」

重信の遺言だ。

「お師匠さま……」

「小兵衛、泣くな。人は必ず別れの時が来るものだ。だが、三人の心の中でわしはいつまでも生きている。仲良く強く生きていけ……」

「お師匠さま、嫌だよ……」

小雪が両手で顔を覆って泣いた。氏心が拳を握ってうなだれている。

「小雪、泣くな。わしはまだまだ死なぬ。心配するな……」

「うん、死んじゃ嫌だ……」

「そうだな。三人には神夢想流神伝居合抜刀表二十二本を伝授した。表があるということは裏がある。その裏二十二本はこれまで誰にも伝授していない。それを三人に伝授するが使うことは禁ずる。いいな……」

「はい！」

三人がうなずいた。

「明日から始めよう……」

重信は最後の弟子である三人に神夢想流のすべてを伝授することにする。スサノオにいつ呼ばれてもいいように重信は覚悟を決めた。

その日、菊池家に戻った氏心が可奈に重信の遺言を伝えた。

「そうですか。お父上さまが……」

「妙穐尼さまにもお伝えするべきかと？」

「わかりました。明日にもお話しいたします」

二十一歳になった可奈は冷静に重信の遺言を受け止めた。いつか別れの日が来ることは覚悟している。

母と別れた時は突然だった。まだ幼く狼狽《うろた》えるばかりだったが、今は氏心の妻として見苦しい振る舞いはできない。

翌朝、三人が奥の院に出かけると可奈は月心庵に行って、重信が三人に伝えた遺言をそのまま妙穐尼に伝えた。

「そうでしたか、三人に……」

「墓標はいらぬ。山が墓標だと仰せられたそうにございます」

「出羽の大きな山河が墓標なのでしょう」

妙穐尼は重信らしいと思う。

神さまと約束したことを全て果たしたのだと少しホッとした気持ちだ。

妙穐尼が小さく微笑むと可奈も微笑んだ。なさぬ仲だが二人とも深く重信を愛してきた。

そんな二人が夏になって小梅とお良を連れて奥の院に向かった。

なかなか山を下りてこない重信の顔を見るためだ。深雪は重信の顔を見ないと寂しかった。

「どうしたのだ。四人が顔を揃えて山に来るとは……」

重信にはわかっている。氏心と小兵衛が遺言を伝えたからだと思う。

「お父上のお顔を見たいと思いまして……」

「そうか、わしが山を下りないからか？」

「はい、時々は……」

可奈がはにかむように小さく微笑んだ。

「そうだな。今年は少し早く山を下りよう……」

妙穐尼と小梅がニコニコと重信と可奈の話を聞いている。その傍に小雪がうれしそうに座っていた。

この頃、全国でキリシタンに対する弾圧が激しくなっている。

八月五日に長崎の西坂でカトリックのキリスト教徒五十五人が、火刑と斬首によって処刑される事件が起きた。

慶長元年十二月に秀吉の命令で、同じ長崎の西坂でキリスト教徒二十六人を磔で処刑して以来、最多の処刑人数だった。後に元和の大殉教といわれる事件だ。

この後、五十五人の処刑の様子が絵画になってローマ教皇に送られた。するとその絵画を見た衝撃がキリスト教関係者に広がる。

「日本へ行こう！」

「神と共に日本へ行こう！」

カトリック教会の布教熱が一気に盛り上がり、殉教覚悟で日本に向かう宣教師や修道士が激増することになった。だが、日本は長崎と平戸の二港しか開いていないため入国が難しい。

宣教師の入国は不可能である。

そのため殉教を恐れない多くの宣教師たちは、秘かに日本国内に入るようになり、幕府はこの密入国を止められなかった。

こういう人たちはどこかから密かに入国する。

密入国の宣教師が見つかるようになり、幕府は不信を強めてキリシタン弾圧が一層激しくなっていく。

幕府の弾圧の行きつく先は、踏み絵などの強制改宗へとつながり、多くのキリスト教徒は隠れキリシタンとして生き残ることになる。

その命脈は九州に多く残った。

幕府は戦いを知らない生まれながらの将軍三代目家光になって、本格的に泰平の世を迎え政権が変貌しようとしていた。

乱世の大名も次々と亡くなり二代目、三代目となっている。

先の二代将軍秀忠は大御所として健在で、その秀忠が寛永九年（一六三二）一月に亡くなるまで、大御所と将軍の二元政治になった。

この頃、乱世の戦いの中で生きてきた伊達政宗、佐竹義宣、細川忠興、立花宗茂など、一癖も二癖もある個性の強い武将たちがまだ健在で、青二才の家光のいうことなど聞けるかという曲者揃いだった。

だが、そんな大名も随分少なくなった。

伊達政宗のように露骨に幕府の転覆を考えている大名もいる。そんなことで、どうしても幕府は大御所秀忠の力を必要とした。

その幕府は家康、秀忠、家光の三代で百二十二家の改易または減封を行い、幕府の脅威になる勢力の掃滅を完了する。

元和九年（一六二三）八月二十二日朝、重信はいつものように暗いうちに目を覚ますと、釜ヶ沢の清水で体を拭き、沢から吹き上がってくる清々しい秋の風を感じた。

目の前にいつもの獅子が子を連れて遊びに来ていた。

「おはよう、今年は山に餌は充分にあるのかい？」

獅子は首をかしげて語りかける重信を見ている。

「わしは無一物で、そなたらにあげるものとてない。許せ……」

重信は沢から奥の院に上がって参拝すると、磐座の石段に腰を下ろしていつものように座禅を組んだ。心静かに一刻ほど無我の世界に遊ぶ。

その時は急に来た。

胸の痛みに重信は顔を歪めたが、半跏趺坐も法界定印も解かなかった。その時、微かにスサノオの声が聞こえた。

「民治丸、よく致した。もうよいぞ……」

その瞬間に重信は心の一剣を以て自らの心を斬った。これですべてが終わる。

天人は五衰する。剣を置き杖を置き一本の小枝すらも置いた。剣士はスサノオに召されてその魂は神の位に昇華する。

心の臓がコトッと動きを止めた。

法界定印を結んだまま重信は息絶えた。その重信の前に獅子の親子がいる。

サワサワと秋風が沢を駆け上り、磐座の重信の白髪を乱して出羽の山々に広がって行った。

神の剣士がスサノオに召されて剣神となった。

半刻ほどして石城嶽を越えて、氏心と小兵衛と小雪が釜ヶ沢に下りてくると、元気よく奥の院に現れた。

「お師匠さま……」

小兵衛が磐座の石段に座っている重信に気づいた。

「お師匠さま？」

「お師匠さまッ！」

「どうしたッ！」

「お師匠さまが！」

氏心と小雪が駆け寄った。もう重信は息をしていない。

「妙穐尼さまにッ！」

「お師匠さま……」

小兵衛が月心庵に知らせるため一気に石城嶽を登って行き、重信の前に氏心と小雪がうずくまって泣きながら祈った。

一刻半ほどして小兵衛に連れられ妙穐尼、勝信、可奈、菊池半左衛門、小梅、お良が息を切らして奥の院に上ってきた。

「お疲れさまでございました……」

妙穐尼が仏像のように座っている重信に語りかける。

重信の傍には木通の杖が立てかけてあるだけだ。今にも目を開きそうに思う。

「このままで供養いたしましょう……」

妙穐尼と小梅が小さな声で読経を始める。昼前、祥雲寺の淳哲大和尚が若い僧二人を連れて奥の院に現れた。

「老師は良いお顔だ……」

淳哲大和尚が重信を覗き込んで小さくうなずいた。

重信の前に座ると静かに読経を始める。小雪が朝から重信の傍にうずくまって離れない。

錦織りなす山々は絢爛たる秋色だった。

その夜、重信の遺言通り、遺骸は勝信、可奈、氏心、小兵衛、小雪の五人の手で、釜ヶ沢の上流に運ばれ星明かりの下で葬られた。

美しき出羽の山が剣神の墓標である。

林崎神夢想流の居合は三百流を超える流派に広がり、現代も二十余流が残り、色々な流派に居合は取り入れられた。

人に斬られず人斬らずただ平らかに勝つ。

静かな美の境地こそ気品ある居合、心の居合である。

剣によって己の邪な心を斬り、その心を映すのが真剣である。剣は心の品格であり、己の心の品格を映す鏡だ。

父を敬い、母を愛し、一剣を以て大悟すべし、これは剣神の言葉である。

剣神を慕う剣士たちが、深山幽谷の石城嶽の奥の院で心を洗う修行をしている。そこはいつの世も剣士の聖地であり続けるだろう。

剣士以外入るべからず。

奥の院の巨大な磐座には、スサノオと重信の魂魄が留まり、凄まじい霊気を放つ剣の聖域だ。誰も汚すことのできない神の山である。

その奥の院に武蔵が姿を現した。すると磐座の中から白装束の剣神が現れた。

「老師ッ！」

「武蔵、斬れるか、神を斬れるか？」

「斬れません……」

「なぜ斬れぬ！」

「神は己の心にあり、神を斬ることは己の心を斬ること、神を斬ることはできないのでございます……」

「神は諸人の心に住まうもの、武蔵、九州へ帰れ、さらばだ……」

「老師ッ！」

剣神が磐座の中に消えた。

その時、ガサッと音がして武蔵が振り向くとそこには小兵衛と、秋の草花を抱えきれないほど持って小雪が立っている。

「誰だ！」

小兵衛が太刀の柄を握って誰何《すいか》する。抜く構えだ。

武蔵が着物の袖で涙を拭った。

「その方らはここの者か？」

「おぬしは誰だ！」

「これは失礼した。それがしの名は新免武蔵《しんめんたけぞう》という。決して怪しい者ではない……」

「剣神さまのお弟子か？」

「剣神？」

「みんなは老師さまというが、この辺りでは剣神さまだ……」

「そうか、その老師にお会いするため、九州から訪ねてまいったのだが？」

小兵衛がジッと武蔵を見ている。

その小兵衛を小雪が見上げ、大男の武蔵を斬れという顔だ。だが、小兵衛は冷静に武蔵の言葉を改めている。

「剣神さまは先日お亡くなりです。もう八日になります……」

武蔵をにらむ小兵衛の眼に涙が浮かんだ。小雪も袖で涙を拭いた。

「亡くなられたとは、今、そこに……」

武蔵が振り向いて磐座を指さした。

武蔵が父を必要とした時、父無二斎は亡くなり、今、師を必要とした時、師の重信は神となっている。

武蔵は遂に一人になった。

「それは剣神さまの幻だ。スサノオさまかも知れません」

「スサノオ……」

「ここは熊野明神の奥の院、祭神はスサノオさまだから……」

「そういうことか……」

武蔵は磐座の石段に小雪が山ほどの花を供えるのを見ている。秋風が谷や山をサワサワと吹いていった。

「老師はこの辺りに眠っておられるのか？」

「そうです」

小兵衛はどことは教えなかった。

やがて、林崎甚助重信は林崎熊野明神に、スサノオとともに神として祀られ、神社の名が正式に熊野・居合両神社と称し、奥の院の石城嶽の釜ヶ沢を、誰いうともなく重信を慕って大明神沢と呼ぶようになる。

熊野大明神と居合大明神の両神が住む大明神沢なのだ。

「今夜、この庵を使わせてもらえるか？」

「いいけど、夜はもう寒いですよ」

「構わぬ……」

その夜、武蔵は重信の庵に泊まった。

翌朝、小兵衛と小雪が奥の院に登ってくると武蔵の姿は消えていた。もう人を斬らない武蔵に変貌している。

武蔵は四十歳にして道の遠いことを悟って立ち去った。六十二歳で亡くなるまで武蔵は二十二年間の修行の旅をすることになる。

やがて武蔵は九州熊本細川家に客人として世話になり、七人扶持十八石と合力米三百石を与えられ、鷹狩りを許されるなど破格の待遇を受け、二天一流を開き五輪書を残して亡くなる。

幼い頃から大男で無頼漢、乱暴者の新免武蔵が、数多の剣豪の片隅にその名を連ねることになった。

剣は山を行く雲の如く雄々しく、野を分ける風の如く激しく、深々と降る雪の如く秘かに、煌々《こうこう》と輝《て》る月の如く清らかに……。

それからしばらくして深雪は大明神沢の奥に消えた。

愛する重信を探しに行ったのかもしれない。祥雲寺の過去帳には甚助妻妙穐尼と記されているのみである。

〈完〉

剣士の墓碑銘

山本勘助　永禄四年（一五六一）九月十日、享年六十九、京流。

塚原土佐守卜伝入道　元亀二年（一五七一）二月十一日、享年八十三、鹿島新当流。

北畠中納言具教　天正四年（一五七六）十一月二十五日、享年四十九、鹿島新当流。

上泉伊勢守信綱　天正五年（一五七七）一月十六日、享年七十、新陰流。

斎藤伝鬼坊　天正十五年（一五八七）享年三十八、天流。

師岡一羽　文禄二年（一五九三）九月八日、享年六十一、一羽流。

奥山休賀斎　慶長七年（一六〇二）享年七十七、奥山流。

疋田景兼　慶長十年（一六〇五）享年六十九、疋田陰流。

柳生石舟斎　慶長十一年（一六〇六）四月十九日、享年八十、柳生新陰流。

宝蔵院胤栄　慶長十二年（一六〇七）八月二十六日、享年八十七、宝蔵院流。

富田入道勢源　生没年不詳、富田流。

鐘捲自斎（戸田一刀斎）生没年不詳、戸田一刀流。

伊藤一刀斎　生没年不詳、一刀流。

津田小次郎　慶長十七年（一六一二）四月十三日、享年七十推定、巌流。

林崎甚助重信　元和九年（一六二三）八月二十二日、享年八十二推定、神夢想流。

富田越後守重政　寛永二年（一六二五）四月十九日、享年六十二、富田流。

小野忠明　寛永五年（一六二八）十一月七日、享年六十四、小野派一刀流。

丸目石見守徹斎入道　寛永六年（一六二九）二月七日、享年九十、タイ捨流。

東郷重位　寛永二十年（一六四三）六月二十七日、享年八十三、薩摩示現流。

古藤田勘解由左衛門俊直　生没年不詳、唯心一刀流。

田宮対馬守長勝　正保二年（一六四五）一月、田宮流、父平兵衛が神夢想流二代目。

新免武蔵　正保二年（一六四五）五月十九日、享年六十二、二天一流。

柳生但馬守宗矩　正保三年（一六四六）三月二十六日、享年七十六、柳生新陰流。

宝蔵院胤舜　正保五年（一六四八）一月十二日、享年六十、宝蔵院流。

長野無楽入道槿露斎　慶安二年（一六四九）享年九十余、無楽流、神夢想流三代目。

柳生兵庫助利厳　慶安三年（一六五〇）一月十六日、享年七十二、柳生新陰流。

片山伯耆守久安　慶安三年（一六五〇）三月七日、享年七十六、片山伯耆流。

高松勘兵衛信勝　承応元年（一六五五）享年八十三、一ノ宮流。

三間与一左衛門景延　寛文五年（一六六五）享年八十九、水鷗流。

松林蝙也斎永吉　寛文七年（一六六七）享年七十五、夢想願流。

関口弥六右衛門氏心　寛文十年（一六七〇）三月七日、享年七十三、関口流。
一宮左太夫照信　延宝三年（一六七五）享年五十六、一宮流、神夢想流四代目。
長谷川英信　享保四年（一七一九）十二月、享年百十八、長谷川英信流。
辻月丹　享保十二年（一七二七）六月二十三日、享年七十九、無外流。
千葉周作　安政二年（一八五五）十二月十日、享年六十二、北辰一刀流。
井伊直弼　安政七年（一八六〇）三月三日、享年四十六、新心新流。
坂本龍馬　慶応三年（一八六七）十一月十五日、享年三十三、北辰一刀流。
近藤勇　慶応四年（一八六八）四月二十五日、享年三十五、天然理心流。

綺羅星の如く、数多の天才剣士たちが神夢想流の連枝になり、自らの流派を開くことになる。その居合の嚆矢は林崎の剣神甚助重信である。幼名を民治丸という者なり。

本書は書き下ろしです。

中公文庫

剣神《けんしん》　心《こころ》を斬《き》る

——神夢想流《しんむそうりゅう》 林崎甚助《はやしざきじんすけ》7

2023年 7 月25日　初版発行
2023年10月30日　３刷発行

著　者　岩《いわ》　室《むろ》　忍《しのぶ》

発行者　安 部 順 一

発行所　中央公論新社
〒100-8152　東京都千代田区大手町 1-7-1
電話　販売　03-5299-1730　編集　03-5299-1890
URL https://www.chuko.co.jp/

ＤＴＰ　ハンズ・ミケ
印　刷　大日本印刷
製　本　大日本印刷

Published by CHUOKORON-SHINSHA, INC.
Printed in Japan　ISBN978-4-12-207386-9 C1193

中公文庫既刊より

各書目の下段の数字はISBNコードです。978－4－12が省略してあります。

あ-59-4
一　路（上）
浅田次郎
父の死により江戸から国元に帰参した小野寺一路は、参勤道中御供頭のお役目を仰せつかる。家伝の行軍録を唯一の手がかりに、いざ江戸見参の道中へ！
206100-2

あ-59-5
一　路（下）
浅田次郎
蒔坂左京大夫一行の前に、中山道の難所、御家乗っ取りの企てなど難題が降りかかる。果たして、行列は期日通りに江戸へ到着できるのか――。〈解説〉檀　ふみ
206101-9

あ-59-6
浅田次郎と歩く中山道
『一路』の舞台をたずねて
浅田次郎
中山道の古き良き街道風景や旅籠の情緒、豊かな食文化などを時代小説『一路』の世界とともに紹介します。いざ、浅田次郎を唸らせた中山道の旅へ！
206138-5

あ-59-7
新装版　お腹召しませ
浅田次郎
幕末期、変革の波に翻弄される武士の悲哀を描く傑作時代短編集。書き下ろしエッセイを特別収録。司馬遼太郎賞・中央公論文芸賞受賞作。〈解説〉橋本五郎
206916-9

あ-59-8
新装版　五郎治殿御始末
浅田次郎
武士という職業が消えた明治維新期、行き場を失った老武士が下した、己の身の始末とは。表題作ほか全六篇に書き下ろしエッセイを収録。〈解説〉磯田道史
207054-7

あ-59-9
流人道中記（上）
浅田次郎
「痛えからいやだ」と切腹を拒み、蝦夷へ流罪となった旗本・青山玄蕃。ろくでなしであるはずのこの男には、弱き者を決して見捨てぬ心意気があった。
207315-9

あ-59-10
流人道中記（下）
浅田次郎
奥州街道を北へと歩む流人・玄蕃と押送人・乙次郎。旅路の果てで語られる玄蕃の罪の真実。武士の鑑である男はなぜ、恥を晒してまで生きたのか？〈解説〉杏
207316-6

い-132-2
叛鬼 伊東潤
早雲、道三よりも早く下剋上を成し、戦国時代の扉を開いた男・長尾景春。悪名に塗れながらも、叛逆を続けた武士の正義とは？〈巻末対談〉本郷和人×伊東潤
207108-7

い-132-3
戦国鬼譚 惨 伊東潤
いま裏切れば、助かるのか？　武田家滅亡期。すべてを失うかもしれない状況を前にした人間の本性を描く、五篇の衝撃作。〈巻末対談〉逢坂　剛×伊東　潤
207136-0

い-132-4
戦国無常 首獲り 伊東潤
手柄を挙げろ。どんな手を使っても――。首級ひとつで人生が変わる。欲に囚われた下級武士たちのリアルを描く六つの悲喜劇。〈巻末対談〉乃至政彦×伊東潤
207164-3

う-28-15
翻弄 盛親と秀忠 上田秀人
偉大な父を持つ長宗我部盛親と徳川秀忠は、立場は違えどいずれも関ヶ原で屈辱を味わう。それから十余年、運命が二人を戦場に連れ戻す。〈解説〉本郷和人
206985-5

う-28-16
新装版 孤闘 立花宗茂 上田秀人
乱世に義を貫き、天下人に「剛勇鎮西一」と恐れられた猛将の、対島津から対徳川までの奮闘と懊悩を精緻に描いた、中山義秀文学賞受賞作。〈解説〉末國善己
207176-6

き-17-10
魂の沃野（上） 北方謙三
加賀の地に燃え拡がる一向一揆の炎。蓮如や守護・富樫政親との奇縁から、闘いに身を投じることになった地侍・小十郎の青春を描く血潮たぎる歴史巨篇開幕！
206781-3

き-17-11
魂の沃野（下） 北方謙三
蓮如の吉崎退去、小十郎の恋、そして守護・政親の強権。加賀の雪が、血に染まる時が近づいていた。一向一揆を生きた男たちそれぞれの明日。〈解説〉清水克行
206782-0

き-17-14
道誉なり（上） 新装版 北方謙三
毀すこと、それがばさら――。後醍醐帝との暗闘、実弟直義との対立で苦悩する将軍足利尊氏を常に支え南北朝動乱を勝ち抜いた、ばさら大名佐々木道誉とは。
207150-6

各書目の下段の数字はISBNコードです。978－4－12が省略してあります。

き-17-15
道誉なり（下）新装版　北方謙三
足利尊氏・高師直派と尊氏の実弟直義派との抗争は一触即発の情勢に。熾烈極まる骨肉の争いに、将軍尊氏はなぜ佐々木道誉を欲したのか。〈解説〉大矢博子
207151-3

き-17-16
楠木正成（上）新装版　北方謙三
乱世到来の情勢下、大志を胸に雌伏を続けた悪党・楠木正成は、倒幕の機熟するに及んで寡兵を率い強大な六波羅軍に戦いを挑む。北方「南北朝」の集大成。
207178-0

き-17-17
楠木正成（下）新装版　北方謙三
巧みな用兵で大軍を翻弄。京を奪還し倒幕を果たした正成だが……。悲運の将の峻烈な生を迫力の筆致で描いた北方「南北朝」感涙の最終章。〈解説〉細谷正充
207179-7

た-58-21
さむらい道《みち》（上）最上義光《よしあき》　表の合戦・奥の合戦　高橋義夫
山形の大守・最上義守の子として生まれ、父との確執、天童・白鳥・伊達氏らとの峻烈な内憂外患を乗り越え、名藩主として君臨した最上義光の実像に迫る！
206834-6

た-58-22
さむらい道（下）最上義光　もうひとつの関ヶ原　高橋義夫
甥の伊達政宗との確執から、天下分け目の戦における上杉軍との死闘までを克明に描き、義光が追求した「さむらい道」の真髄に迫る著者渾身の歴史巨篇！
206835-3

と-26-26
早雲の軍配者（上）　富樫倫太郎
北条早雲に見出された風間小太郎。軍配者となるべく送り込まれた足利学校では、互いを認め合う友に出会い――。新時代の戦国青春エンターテインメント！
205874-3

と-26-27
早雲の軍配者（下）　富樫倫太郎
互いを認め合う小太郎と勘助、冬之助は、いつか敵味方にわかれて戦おうと誓い合う。扇谷上杉軍へ攻め込む北条軍に同行する小太郎が、戦場で出会うのは――。
205875-0

と-26-28
信玄の軍配者（上）　富樫倫太郎
駿河国で囚われの身となったまま齢四十を超えた山本勘助。焦燥ばかりを募らせていた折、武田信虎による実子暗殺計画に荷担させられることとなり――。
205902-3

と-26-29
信玄の軍配者（下）
富樫倫太郎

武田晴信に仕え始めた山本勘助は、武田軍を常勝軍団へと導いていく。戦場で相見えようと誓い合った友たちとの再会を経て、「あの男」がいよいよ歴史の表舞台へ！

205903-0

と-26-30
謙信の軍配者（上）
富樫倫太郎

越後の竜・長尾景虎のもとで軍配者となった曾我（宇佐美）冬之助。自らを毘沙門天の化身と称する景虎の前で、いま軍配者としての素質が問われる！

205954-2

と-26-31
謙信の軍配者（下）
富樫倫太郎

冬之助は景虎のもと、好敵手・山本勘助率いる武田軍を前に自らの軍配を振るい、見事打ち破ることができるのか⁉　「軍配者」シリーズ、ここに完結！

205955-9

な-65-1
うつけの采配（上）
中路啓太

関ヶ原の合戦前夜——。誰もが己の利を求める中、ただ一人、毛利百二十万石の存続のため奔走した男・吉川広家の苦悩と葛藤を描いた傑作歴史小説！

206019-7

な-65-2
うつけの采配（下）
中路啓太

小早川隆景の遺言とは正反対に、安国寺恵瓊の主導により天下取りを狙い始めた毛利本家。はたして吉川広家は家を守り抜くことができるのか？〈解説〉本郷和人

206020-3

な-65-3
獅子は死せず（上）
中路啓太

加藤清正ら名だたる武将にその武勇を賞賛された武将・毛利勝永。関ヶ原の合戦で西軍についたため、領地没収をされた男が、大坂の陣で最後の戦いに賭ける！

206192-7

な-65-4
獅子は死せず（下）
中路啓太

誰より理知的で、かつ自らも抑えきれない生命力を有し、家族や家臣への深い愛情を宿した戦国最後の猛将の生涯。『うつけの采配』の著者によるもう一つの傑作。

206193-4

な-65-5
三日月の花　渡り奉公人　渡辺勘兵衛
中路啓太

時は関ヶ原の合戦直後。『もののふ莫迦』で「本屋が選ぶ時代小説大賞２０１５」に輝いた著者が描く、反骨の武将・渡辺勘兵衛の誇り高き生涯！

206299-3

各書目の下段の数字はISBNコードです。978－4－12が省略してあります。

な-65-6
もののふ莫迦　中路啓太
豊臣に故郷・肥後を踏みにじられた軍人・岡本越後守と、豊臣に忠節を尽くす猛将・加藤清正が、朝鮮の戦場で激突する！「本屋が選ぶ時代小説大賞」受賞作。
206412-6

な-65-7
裏切り涼山　中路啓太
羽柴秀吉が包囲する播磨の三木城。その壮絶な籠城戦を舞台に、かつて主家を裏切って滅亡させた男・涼山が、唯一の肉親を助けるために、再び立ち上がる！
206855-1

い-138-1
剣神　神を斬る　神夢想流 林崎甚助1　岩室忍
出羽楯岡城下で闇討ち事件が起こった。父を殺された六歳の民治丸は仇討を神に誓う。居合の始祖・林崎甚助の生涯を描く大河シリーズ始動！文庫書き下ろし。
207226-8

い-138-2
剣神　炎を斬る　神夢想流 林崎甚助2　岩室忍
仇討を果たした甚助を待ち受けていたのは、荒ぶる神の怒りであった。神の真意を悟った甚助は、廻国修行に身を投じ、剣豪塚原卜伝を訪ねる。文庫書き下ろし。
207256-5

い-138-3
剣神　鬼を斬る　神夢想流 林崎甚助3　岩室忍
信長の天下が近い。甚助は神夢想流居合を広めながら、出羽に不穏な軋みを見ていた。その軋みはやがて甚助の故郷楯岡城を巻き込んでいく。文庫書き下ろし。
207278-7

い-138-4
剣神　風を斬る　神夢想流 林崎甚助4　岩室忍
関ヶ原の戦い、始まる。甚助はその時、薩摩の島津が睨みを利かせ、加藤清正、黒田如水、立花宗茂ら猛将智将がしのぎを削る九州にいた。文庫書き下ろし。
207303-6

い-138-5
剣神　竜を斬る　神夢想流 林崎甚助5　岩室忍
蜻蛉切、唸る！　家康が豊臣秀頼を警戒する慶長十二年、重信は猛将本多平八郎と対峙していた。戦国を戦い抜いた男たちの生き様を見よ。文庫書き下ろし。
207335-7

い-138-6
剣神　水を斬る　神夢想流 林崎甚助6　岩室忍
巌流小次郎と宮本武蔵の決闘。徳川家康が仕掛ける大坂の陣。武を以て名を揚げる覇道の時代が終わりを告げ、甚助は最後の修行の旅に出る。文庫書き下ろし。
207363-0